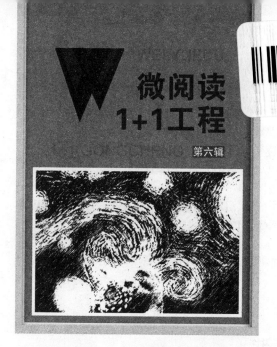

微阅读
1+1工程

第六辑

那一团紫

周仁聪

百花洲文艺出版社
BAIHUAZHOU LITERATURE AND ART PRESS

图书在版编目（CIP）数据

那一团紫／周仁聪著．—南昌：百花洲文艺出版社，2014.9（2018.12 重印）

（微阅读 1＋1 工程）

ISBN 978－7－5500－1039－0

Ⅰ.①那… Ⅱ.①周… Ⅲ.①小小说—小说集—中国—当代 Ⅳ.①I247.8

中国版本图书馆 CIP 数据核字（2014）第 184662 号

那一团紫

周仁聪　著

出　版　人：姚雪雪

组稿编辑：陈永林

责任编辑：刘　云　王丰林

出　　　版：百花洲文艺出版社

发行单位：全国新华书店

印　　　刷：香河利华文化发展有限公司

开　　　本：700mm×960mm　1/16

印　　　张：12

版　　　次：2015 年 3 月第 1 版

印　　　次：2018 年 12 月第 3 次印刷

字　　　数：128 千字

书　　　号：ISBN 978－7－5500－1039－0

定　　　价：29.80 元

赣版权登字：05－2015－24

邮购联系：0791－86895108

网址:http://www.bhzwy.com

图书若有印装错误，影响阅读，可向承印厂联系调换。

前　言

以"极短的篇幅包容极大的思想"，才能够以小胜大，经过读者的阅读，碰撞出思想的火花，震撼人的心灵。正因为这样，微型小说成为一种充满了幽默智慧、充满了空灵巧妙的独特文体。

如果说在二十一世纪的头一个十年，是互联网大大改变了我们的生活，那么在我们正在经历的第二个十年里，手机将更为巨大地改变我们的生活。如今，以智能手机为平台，正在构成一个巨大的阅读平台。一种新的阅读方式正不知不觉地走进大众的生活。一个新的名词就此产生，它便是"微阅读"。微阅读，是一种借短消息、网络和短文体生存的阅读方式。微阅读是阅读领域的快餐，口袋书、手机报、微博，都代表微阅读。等车时，习惯拿出手机看新闻；走路时，喜欢戴上耳机"听"小说；陪人逛街，看电子书打发等待的时间。如果有这些行为，那说明你已在不知不觉中成为"微阅读"的忠实执行者了。让我们对微型小说前景充满信心和期待的是，微型小说在微阅读的浪潮中担当着极为重要的"源头活水"。

肩负着繁荣中国微型小说创作、促进这一文体进一步健康发展的责任和使命，微型小说选刊杂志社推出了"微阅读 1 + 1 工程"系列丛书。这套书由一百个当代中国微型小说作家的个人自选集组成，是微型小说选刊杂志社的一项以"打造文体，推出作家，奉献精品"为目的的微型小说重点工程。相信这套书的出版，对于促进微型小说文体的进一步推广和传播，对于激励微型小说作家的创作热情，对于微型小说这一文体与新媒体的进一步结合，将有着极为重要的作用和意义。

编者

2014 年 9 月

目 录

刷　牙

我爷爷是从来不刷牙的，对于这一点，男友一直不相信，他说一个人怎么可能会不刷牙呢？我说这是真的，你生在大都市，你不了解乡下老人的生活习惯。

男友和我商量着婚事，我说总得先回乡下老家去见见爷爷和父母吧。于是男友又为给父母和爷爷送什么礼物犯愁，我说只要你人去了就是最好的礼物啊。

起程前，男友故作神秘地说他为爷爷准备了一件特殊的礼物，保证出乎大家的预料又很有新意。

经过一天一夜汽车颠簸，又走了三个小时山路，我们终于到了家中。父母下地去了，爷爷坐在草垛子下搓草绳，看到我和男友，爷爷高兴得不得了，赶紧到坡上扯着嗓门喊在地里的父母，然后又回到屋里咕嘟咕嘟抽叶子烟。男友拿出一瓶五粮液说："爷爷，这是孝敬你老人家的。"然后又拿出了一套精美的牙具。

爷爷说："这是什么？"

男友说："这是牙具。"

爷爷说："牙具是干什么的？"

男友说："就是牙刷和牙膏，用完了可以装进这盒子里，又卫生又方便。"

爷爷说："拿走，我不刷牙。"

男友说："爷爷，慢慢就习惯了。"

爷爷说："我习惯不了。"

男友说："爷爷，这是很好的牙刷和牙膏，你经常刷牙的话，牙病就不易发生，牙虫也不会钻进你的牙齿。"

爷爷说："我不刷，我八十岁了就从没刷过一次牙。"

男友说："爷爷，八十岁开始刷也不晚，你牙齿保护好了，胃口就好，胃口好了，身体也就好了，我和青儿还要接你到大城市去享享福呢。"

爷爷说："我不刷，我牙好着呢。"

男友急了："爷爷，不刷牙牙齿很容易坏的，你看我就是小时候没及时刷牙，大牙都被虫吃掉两颗了。"

男友悄悄冲我做了一个鬼脸，又张开嘴巴让爷爷看他的两颗缺掉的大牙。

我不禁哑然失笑，男友的父亲就是一个有名的牙医，他父亲从小就对自己这个唯一儿子的牙齿十分重视。一直是早中晚一天三次刷牙，而且用的都是最好的牙膏。男友开玩笑说，要不是从小保护得那么好，说不定牙齿都被虫吃光了。

爷爷让母亲宰了一只母鸡来款待男友，母亲做得一手很好的炒辣子鸡，这是爷爷的最爱。

爷爷和父亲品着男友送来的五粮液，大嚼着辣子鸡，屋子里发出吧吧的咀嚼声。男友则一副痛苦的样子，因为这是一只生蛋的母鸡，他嚼起来费力得很。

爷爷说："就是香。"

男友张开嘴让我帮他抠卡在牙缝里的鸡肉，我知道他已经很是尴尬了。

爷爷龇着牙向着大家，"你看我这牙齿多好。"

爷爷的牙齿是黑的，那是几十年来抽叶子烟的结果，牙垢和牙结石已让他的牙与牙之间没有了空间。

"我是从来不刷牙的。"爷爷笑呵呵地冲男友说。

"呵呵，我偶尔刷一次，但刷了之后嘴巴里有股味怪不舒服的。"父亲在男友面前显得有些不好意思。

睡觉前，我和男友坐在爷爷床前陪爷爷说话，爷爷从枕下摸出一个口袋，那是母亲为爷爷炒的干胡豆，爷爷长年累月没事时就嚼这胡豆，这豆很硬。

　　很硬的豆在爷爷嘴里不停地嘎嘣嘎嘣脆响，男友也伸手摸了一个放入嘴里，我听见男友将豆在嘴里左右挪动试图咬下，但一直没有发出爷爷嘴里那脆生生的嘎嘣声。

兽　医

　　城市的天空里飘着三月的花香，庄医生站在自家的私家花园里伸了个长长的懒腰。今天，是他的宠物医院八周年庆典，他已叫人在医院门口张灯结彩，并请了鼓乐队，准备热热闹闹吹吹打打一整天。

　　八点三十分，庄医生从楼上往楼下走，再走出大门开始上锁。今天，他终于忍不住要回过头去看看他这栋别墅，今天，他有一种异样的心情。回想当初，他从老家毕业就直奔了这座大城市，想到这里来淘金，但是，他一个学畜牧兽医专业的能做什么？后来，经过市场调查，开宠物医院应该是有前途的。最初是一个小诊所，出乎他预料的是，诊所的生意出奇的好，再后来他干脆就扩大成了一个一楼一底的私立宠物医院。了解他的人都说他运气好，事业一帆风顺。而他自己也庆幸自己当初选对了专业，学到了过硬的专业知识，让那些坐着高档小车来的宠物及其主人们焦急而来，满意而归，甚至还给他送来了"当代华佗起死回生"的锦旗。

　　庄医生有时也想，挣这些城里人的钱真是容易，他们为了他们的猫猫狗狗，走进他的医院来几百上千的出手毫不犹豫。

　　有时一些事也令这个在农村长大的庄医生暗自发笑，那些城里人总是将宠物当成自己的小孩子一样，给它们从头到脚缝制最高档的衣裳、铺设最好看最舒适的小床，稍有一点伤风感冒就会焦头烂额地找到医院，托关系找熟人要庄医生亲自出马诊治。有衣着讲究的小女人们还会哭哭啼啼口口声声将宠物唤作"幺儿"，她们会用自己漂亮的小嘴去亲吻宠物们的毛、嘴、鼻子和脸，她们中还有人会为死去的宠物举行一个隆重的葬礼……当然，庄医生也总结出了好多"打理"他们的经验，比如宠物积食了他会对它的主人说是肠胃病变了，如不及时治疗就会有很严重的后果；伤风感冒了就说是现在正流行着一种动物瘟疫，然后就给它们开出最贵的药，反正它们的主人有的是钱也愿意花这钱。几年里，庄医生就是用从它们主人手里接过的钱扩大了规模，买了别墅还有高档轿车。

"随着社会的发展，养宠物的人会越来越多，宠物医院会越来越有市场……"庄医生开着车，收音机里正在播放关于他这家宠物医院八周年庆典的消息。

医院门口锣鼓喧天，人来人往好不热闹。庄医生停车上楼，那里已有好多人和宠物在那里等他了，因为今天是八周年庆，医院里将五折优惠为宠物做全身保健按摩。

屋外喜气洋洋，屋内忙忙碌碌，天黑下来的时候，鼓乐队结完账走了，各种动物的叫声也慢慢少了，他的助手也都先先后后下班回家。

庄医生燃上一支烟，在烟雾里，他嘴角泛起了一丝微笑。

突然，外面传来咚的一声闷响。他跑出去，外面下起了雨，街沿上，一个蓬头垢面的男人扶着另一个蓬头垢面的男人倒在门口的休息椅上，被扶的人表情痛苦，不断呻吟，右手腕用一件旧衣裳裹着，不停地淌出鲜红的血来。

"医生，你救救我们这个兄弟，他胳膊可能断了……"

"这是怎么一回事？"庄医生皱了皱眉头。

"工地塌方，有两个兄弟倒了霉，工地老板看见出事就跑了，我们将两个兄弟从土里刨了出来，送去医院，医院要我们先交住院费，说这是规定。我们身上没有钱，那个受重伤的兄弟可能已经死了，我只好将这个兄弟送到你这里来，能活一个是一个。你就做做好事，救救他吧……"

庄医生以最快的速度将病人让进屋抬上躺椅："天啊，我不是人医而是兽医啊……"然后，他又以最快的速度给他做了最简单的处理。

病人失血过多已处于休克状态。

"赶紧找人医！"庄医生大吼，然后将伤者扶到车上，以最快的速度往市里最好的医院冲去……

天亮的时候，庄医生回到了自己的宠物医院，助手们都已到齐了，庄医生神色凝重，哑着嗓子说："今天不营业……"

一年后，"第一民工医院"在宠物医院旁开业，那是庄医生投资开设的，里面从上到下都是庄医生请来的退休专家医生。

庄医生的桌上，放着一小堆皱巴巴的纸币，那是那天那个受伤的民工托人送来的，一共二十六元三角整。

庄医生说，他要将这一堆钱放在显眼的地方随时提醒自己，有些东西不是用金钱可以衡量的。

 **素质问题**

罗兴富绝对没有想到这外面的世界会有这么残酷。他来到这个省会城市已足足有一周了，但依然没有找到工作。刚出来的那种兴奋与好奇渐渐变成了一种惶恐，因为他如果再找不到工作，他兜里就"弹尽粮绝"了，就连去睡那三元一晚的地下仓库都会泡汤。他也由每顿吃一份路边现炒现卖三元一份的盒饭而变成了去抢购那些大批发剩下的头一天或头两天的陈饭，因为那一份只需一元五毛钱。

罗兴富已身无分文了。在人山人海的劳务市场里，他拼命往前面挤，希望前来找人的人会看中他，让他不至于流落街头。

可一直没人看上他。

罗兴富想，自己完全可以找上门去，到餐馆挨家挨户地问总比在这里等要强些。

于是罗兴富就从劳务市场走了出来，他沿着街边一直往前走，问了好多家餐馆，别人都说不需要人，这让他更是着急了。

罗兴富又继续往前走，他感觉自己的肚子在隐隐作痛，渐渐地，这种痛由隐隐的变成了剧烈，他想起自己大概是这两天吃那陈饭馊饭太多。

他捂着肚子东张西望找茅厕，可在这闹市区里到处是房子，就是不见茅厕的影子。此时的他急得满头大汗，经路人指点，好不容易看见一个蓝色的标志牌指向后边的小巷。他一路小跑，心里想，还是在农村好呀，田间地里到处都可以痛快淋漓。

当他以离弦之箭之势冲进茅厕的时候，一个声音如九天惊雷炸响："先交费！"

罗兴富仿佛坠进了十八层地狱，汗再一次从他脸上淌下。

"你行行好，我憋不住了……"

"不行！你这种人我见多了……"守厕所的人一脸不快。

"我真的憋不住了……"

"上厕所给钱天经地义，你问问这城市里哪个上厕所不收钱？"守厕人火了。

罗兴富没等守厕人的话说完转过身又往回跑，他边跑边东张西望，心里想，要是在家里就好了，农村的茅厕哪里都不收钱。

越找不到厕所，罗兴富心里越慌，他看看前面花台里的花草有一人多深，于是又以迅猛之势冲了进去。

当他酣畅淋漓完正准备起身的时候，一伙城管揪住了他。

城管说："他妈的，你怎么可以这样，罚款！"

听说罚款，罗兴富全身发软。

他一脸沮丧地坐在花台边上，有好多人围了过来，指着他的鼻子，说你们这些农民太没素质，现在都什么年代了还随地大小便，真是太不像话，城市美丽的环境就是被你们这些农民糟蹋的。

城管又说："罚款！"

罗兴富说："我没得钱。"

城管说："你这样污染我们美丽的城市环境，情节严重，必须重罚！"

罗兴富说："我真的一分钱都没有。"

城管火了："没钱就进派出所！"

罗兴富就被请进了派出所。

警察说："都什么年代了，你还随地大小便？"

罗兴富说："我没钱。"

警察说："我问的是你为什么要随地大小便，没问你有钱没钱，你是不是脑子有问题？"

罗兴富说："我……我……"

警察说："你这种人哪，要深刻反省，我们这里是城市，城市里环境要靠大家维护，不能像农村那样随地大小便。"

罗兴富正要张嘴说什么，忽然又觉得肚子一阵剧痛："同志，我要上茅厕……"

警察不耐烦地挥了挥手："在那角落里，快去……"

罗兴富进厕所又是一阵酣畅淋漓，出厕所的时候，罗兴富突然觉得这派出所里还真安逸，上厕所不收钱，也不会把人憋成那个样子。

天黑的时候，警察说："回去吧，以后不可以再随地大小便了。你进城了，就不要再将农村的陋习带进来，这个社会是文明社会，人，要提高素质。"

罗兴富走到派出所门口的时候，他还有些恋恋不舍，他怕自己出去了又要肚子痛，因为派出所里的厕所不要钱。

舍得孩子才套得着狼

那年，那年。

"十八岁了，"母亲说，"你初中毕业在家已待了两年，这样终归不是个法啊。"

我很伤心。

母亲又说："都该是说个人问题的时候了，你这样老待在农村就找不到个像样的男人，如果能在外面找个临时工做做，那也会好些呀！"

泪水滑过我的脸，我会写文章，在外面找个临时工，这也是一种奢望。母亲希望我有机会去外面看看，至少有机会接触外面的人。

那一天，那一天。

母亲从没有过的喜悦，还没到屋檐下就冲我喊："镇文教办公室要一个打扫卫生的人，我托人介绍了你！那个文教办主任说要见见你。介绍人说，过两天就是那个文教办主任过生日，这就是个机会，"母亲又说，"这当然是个好机会！"

母亲开始筹划两天后去见文教办主任该送些什么说些什么，母亲脸上洋溢着永不停止的笑，她开始进城去卖鸡，还去地里砍了好多青菜，母亲说，现在的青菜还可以卖个好价钱。

母亲将凑足的五十元去银行换成了一张整币，我吓了一跳，要知道母亲平时上街连杯五分钱一杯的凉水也舍不得喝。

"你晓得啥子？舍得孩子才套得着狼！你今后好了，我还能沾你好多光。"母亲朝着我嚷。

两天后的傍晚，母亲陪着我急急地往镇上赶，文教办主任的生日宴席就在镇上一个叫"好又来"的餐馆里举行。一路上，母亲喋喋不休地教我如何在文教办主任面前说话，如何举止，如何介绍自己。

母亲将手里的一篮鸡蛋和那五十元钱递到我手上说："你去，我就在这个石头上坐着等你，完了你就直接来这里找我。"母亲又跺着脚说，"这个鬼天气……"

走近"好又来"餐馆的时候，介绍人已在那里等我了，我说："我妈在外边……"介绍人盯着我的脸说："总不至于让你妈也进来吧，这是给你介绍工作，又不是给你妈。"介绍人拉着我进了屋，这里已是一屋子的热闹，我将手中的鸡蛋递给了那个文教办主任，然后将那五十元钱塞到他手上，介绍人对文教办主任说："这就是我给你介绍的小周。"文教办主任笑眯眯地招呼着："坐，坐！"

介绍人拉着我在一张桌子边坐下，说："你咋只拿五十？"我说："我妈卖了两只生蛋的鸡，还有起码十挑青菜，才……"介绍人示意我不要再说话，因为文教办主任的生日宴会马上就要开始了。

文教办主任开始致辞，他很有口才，先是天南海北地吹了一大通，然后感谢在座的每一位，又为大家唱了一首歌。大家开始热烈鼓掌，他的两个女儿又为他献花，又照相，他们脸上有说不出的幸福。

开始吃饭了，桌上鸡鸭鱼肉应有尽有，我望着窗外黑咕隆咚的夜对介绍人说："我妈还在外边那个大石头上等我。"介绍人又盯着我的脸叹了口气。文教办主任带着两个女儿来敬酒了，我和介绍人赶紧站了起来，介绍人又对文教办主任说："这就是小周，我给你提起过那个……"文教办主任依然朝着我笑眯眯地说："喝酒，天气冷，喝点白酒身上暖和。"

从不沾酒的我仰头喝干了那一杯浓烈的白酒，一会儿，胃中空空的我便有了一种晕晕乎乎的感觉。我看到了满屋子里人头攒动，特别清晰的是文教办主任那张油光可鉴肥硕的脸，我还听到了满屋子里嗡嗡的说话声以及风吹过窗外呜呜的声音。

宴席结束的时候我跨出餐馆，外面的冷风忽地让我清醒。在那个大石头上我摸到了母亲的手，那是一双冷如冰块的手。

"他咋说的？"这是母亲第一句话，声音已哆嗦不止。

……

好长一段时间，都没见着介绍人。

终于有一天，介绍人在大街上见到了卖青菜的我，她很不客气地朝我嚷："要舍得孩子才套得着狼……"

　　她和母亲说的话竟是一字不差。

　　两行清泪湿了我的脸。

生 死

这是一辆从甲地开往乙地的长途车。

车上一直没有人说话，好多人都闭着眼，有的甚至已发出了鼾声。

车小心翼翼地在盘山公路上行驶，这里前后望去荒无人烟。

"哎哟——"车内忽地一声惊叫，睡梦中的人们被惊醒。

"你咋个搞的？你的烟烧着我了！"说话的是一个二十来岁的年轻汉子，长了一脸的络腮胡子。

"对不起，拿着烟都睡着了……"旁边是一个穿皮夹克的男子，看上去也就二十岁多一点。

"妈卖×，老子硬是霉得心慌！"络腮胡子恨恨地骂骂咧咧。

"你这人咋出口伤人？我又不是故意的，况且已经向你道歉了，谁晓得谁的妈卖×？"皮夹克还了一句。

"哦——你还有理了？"络腮胡子站了起来，用手指着皮夹克的鼻子，"老子活了几十岁没见过你这种人！"

"你指手画脚的干啥子？"皮夹克也不甘示弱，"想打架，老子陪你！"

"老子弄死你，妈的！"络腮胡子抓住了皮夹克的衣领。

皮夹克一拳挥过去打在了络腮胡子的脸上，络腮胡子顷刻间鼻孔冒血。络腮胡子开始还击，拳头直捣皮夹克的脸。车上的气氛陡地紧张，有的人开始劝架，说一件小事，何至于如此。

可这两人就是没有丝毫让步，嘴里不停地骂，不停地说着"弄死你，老子今天就是要弄死你"的话。

售票员让司机停了车，站到两人跟前："你们是不是不听招呼还要打？你们这样打会影响一车的乘客，你们要打，下车去打！"

两个人的手依然死死地揪住对方的衣领。

车上的人开始喊：

"不要耽搁大家的时间！"

"要打，下去打！"

"打死打活是你们俩的事！"

络腮胡子先放了手，很潇洒地甩了一下头发："兄弟，今天不是你死就是我活，我们下车分个输赢！"

皮夹克也向车内乘客一抱拳说："对不住，耽搁大家了，我姓张的这一生还没怕过谁，不就是一条命吗？"

两个满脸是血的年轻人就从车上跳了下去，车子停着没有动，所有的人将头挤在了车窗前。

"算了，还是上车走了！"

"真是何必，又没因为点什么事情。"

"现在的年轻人真是……"

车上的人还在七嘴八舌。

"你们到底走不走？"司机和售票员脸上尽是愠怒。

皮夹克一挥手："不走了，大不了就死在这荒无人烟的地方。老子这辈子就没怕过哪个！"

络腮胡子和皮夹克的行李被扔了下来，汽车缓缓地启动了。

"妈的，今天不是你死就是我活。"络腮胡子抹着脸上的血说。

"不存在，兄弟，你我都贱命一条，死了就死了……"皮夹克很"君子风度"地一摊手，"你说，怎么个弄法？"

车子已加快了速度，车上的人还在伸出头来看这两个渐渐远离视线大动肝火的年轻人。

随着一声巨响，汽车从盘山公路上俯冲而下，庞大的车体接连打了几个滚便消失在了两个年轻人的视线风里。

就是那么一瞬。

深蓝的天空里飘着一团团棉花似的白云，远处是一片郁郁葱葱的杉木，路两旁开满了各式各样无名的野花，彩蝶翩跹在花丛里。

除了静，还是静。

站立在草地上的两个年轻人开始全身发软，而后慢慢坐下，又慢慢躺倒在地上相互望着对方涂满鲜血的脸，许久没有说话。

　　不知过了多久，两个年轻人缓缓地起身，几乎是同时去搀扶起对方。

　　"兄弟，我们去洗洗脸，洗洗脸……"他们说着同一句话。

　　在一眼汩汩流动的泉水旁，他们用手蘸水为对方擦拭着脸上的血痕。

　　"这里的水真干净！"络腮胡子说。

　　"这里的景色真美！"皮夹克说。

　　几天后，城市的报纸发布了一条新闻："一辆从甲地开往乙地的汽车在一条盘山公路上坠崖，车上总共三十九人，有三十七人死亡，其中两人奇迹生还，居然毫发无损……"

失 落

　　敲门声响起的时候，五姨正在门根里择菜，侄女和侄女婿在厨房里忙活，油在锅里嗞嗞作响。

　　五姨拉开门，一个壮实富态的老头正笑盈盈地立在门口，从那已褪得稀疏的头顶五姨判断出是个当官的。侄女已从里屋迎了出来连声叫三叔，侄女婿更是一脸灿然，将老头让进屋又是端茶又是敬烟。

　　五姨便知道那是侄女婿的叔伯，在离这个城市不远的另一个城市里当什么局长，这次出差到这里要在侄女家小住几日。

　　吃过晚饭后五姨便回到卧室里哄侄女的儿子睡觉。五姨已守寡多年无儿无女，一个人在那个边远的小山村里过日子，侄女是五姨姐姐的女儿，待五姨甚好，常请五姨到家中住几日。

　　五姨躺在孩子身边刚眯上眼睛，侄女推门进屋。

　　"五姨，我给你说个事。"

　　"啥事？"

　　"五姨，我们城里现在时兴一种黄昏恋，不知你听说过没有？"

　　"黄昏恋，没听说过。"

　　"五姨，我们突然想成全你和三叔，三妈前年患胃癌去世了，三叔明年退休。"

　　"啥？"五姨霍地从床上坐起，"哎呀，羞死人了，你咋说这些哟？"五姨的脸有些发烧。

　　"五姨，现在这个社会不同了，你跟三叔挺般配的，我们已跟他谈了，他说只看你有意见没？"

　　"哎呀，你这死丫头，再说我打死你！"五姨一脸的嗔怒，而后冲侄女笑笑躺下，用被子捂了脸，侄女在五姨床前停留片刻，然后轻轻地走出屋。

这一夜五姨失眠了，立在门外笑呵呵的老头总在眼前浮现。五姨的心是孤寂的，可长年在农田里耕种收割的她觉得一切都是那么顺理成章、自自然然。一想到自己半坡上那小屋，还有村人们对她敬重的笑敬重的语言，五姨便轻轻叹了口气。

第二天，五姨早早地起床了，那老头正立在阳台上迎着晨风练太极，五姨便盯着那背影出神。

吃过早饭，侄女和侄女婿上班去了，那老头便坐在客厅里看电视，五姨埋头做针线活，老头问五姨些农村里这样那样的问题，五姨低头小心翼翼地回答，只是不多说话。

五姨的心开始不平静了。

后来几天里，五姨总希望侄女和侄女婿晚点下班回来，只要和老头在一起，她总是愉快的，尽管她的言语不多。

几天过去，老头要走了，侄女开始探五姨的口气："你觉得三叔到底咋样嘛？"

五姨又是一脸的嗔怒，在侄女肩上打了一巴掌："你这死丫头，我这老脸往哪里搁？"

吃饭的时候，五姨悄悄地在老头的饭下埋了个油煎蛋，那时她常给自己的男人碗里埋油煎蛋。

老头走了，五姨有些心神不宁。

五姨病恹恹好几日没精神。

五姨回到了自己那小屋，她依然在田间劳作，依然和那些敬重自己的人说话。

五姨没有了原来的安静，心中多了一份牵挂。

五姨又去城里了，她给侄女提去了一篮鸡蛋。

五姨很想知道那老头的事，五姨始终没有问出口。

五姨又回到了那座小屋，躺在床上死一般的静。

五姨又去了城里，这次提了一篮胡豆。

"你那三叔没来玩？"好半天，五姨装着不经意地问，她听到了自己的心跳。

"哦，他结婚了，那女的也刚退休。"

五姨不再吱声。

五姨回到小屋的时候太阳已落坡，五姨就捂着脸蹲在门根里大哭了一场。

小村故事

　　我总喜欢站在村背后高高的山坡上望春天里远山金黄平整得可以写字的成片的油菜花；夏日里苞谷高粱林覆盖着若隐若现弯弯曲曲的山路；秋天里稻穗飘香蜻蜓翻飞，夕阳在天边红成一片血色；冬日里山野间淡淡的荒凉。

　　也就是冬日里淡淡的荒凉点染了我四季的情绪，成为村庄一年又一年的风景。

　　我在想象我的出走会给整个家甚至整个村庄带来什么。我还想象得出村里那些大姑娘小媳妇们会怎样议论这一件事和我的今后。我开始恨恨地想那些去远方"下海"的妹子，她们为了金钱会不顾出卖自己嫩如鲜藕的身子，也让村里人对外出去远方的女性形成一种共识。

　　我更多的是讨厌甚至仇恨留着八字胡、叼着香烟、将头发梳得油光可鉴、在相邻几个村整日晃悠的阿二，我的出走跟阿二有着密不可分的联系。阿二仗着他爸有几个臭钱整日游手好闲流里流气，阿二妈在我高中还未毕业时就托了人来说媒，无法再供我补读高中的父母当然巴不得攀上这门亲事。

　　"不答应老子打断你的腿！"父亲在两天前收了阿二家送来的彩礼时就朝我恨恨地骂。

　　我宁愿让父亲打断我的腿。

　　金琐的父亲当年就是这样威胁金琐的。

　　金琐就哭着跑出了村子，然后第二天就在那条沱江河里发现了金琐的尸体。

　　那天天寒地寒树寒草寒人更寒，金琐躺在她姐夫哥拉着的架子车上沿着村口那条只有架子车宽的小道回来了。很浓很重的雾气摩挲着金琐苍白肿胀的脸，村里所有的人都立在村头，看金琐安静祥和地从眼前晃过，所有的人就有晶亮的东西滑出眼眶。

"你不答应老子就打断你的腿！"

金琐出殡的日子就是小秀出嫁的日子，村里的男人喜欢用同一句话来骂自己的儿女，小秀她爹也不例外。金琐的死让小秀她妈打了个寒战，做母亲的天性善良更怕夜长梦多。于是村里每一家人都各分成两半，一半送亲一半送丧，送丧的队伍哭哭啼啼，送亲的队伍喜气洋洋。尽管小秀千方百计地克制自己，最终还是哇地号哭起来。

我想或许是自己多念了几天书便多了几分叛逆，我对母亲说我宁愿被打断腿也不学金琐。母亲一把鼻涕一把泪说："你这死丫头真是不知好歹，相邻几个村多少人羡慕嫉妒你嫁阿二家，有钱吃香喝辣穿金戴银，我还沾你的光不成？"

说到嫉妒，我就想起了那些大姑娘小媳妇们望着我眼里喷火，她们嫉妒的不是我嫁阿二，而是阿二父亲兜里那几个钱。

阿二家有钱是方圆几十里众所周知的。那年那月阿二父亲从外地回来带了一个双喇叭录音机，将两个键一按就可以录入人的声音。村里的婆婆媳妇就去朝着那机子叽里呱啦哭丧似的号叫，放出来的声音有时会突然变调阴森森的，阿二父亲就说那是电池没电了。

阿二母亲常常往垃圾堆里倒废旧电池，村里的孩子们就会去垃圾堆里争抢，据说那电池还可以放在手电里用，以便节省油灯里的煤油。

其实我还得庆幸阿二母亲在几个村里的姑娘中挑中了我，有钱阿二的父亲的老婆说话是有权威的，这至少是对我的一种认可。

母亲知道我不会学金琐她很是欣慰，但她又为我不嫁阿二感到非常恼火。

母亲坐在床上眼里含泪叹了一口气，母亲说怕我去走村里彭其芳的路，那样就更让她无脸见人。彭其芳是从神仙树那边嫁到村里来的美人胚子，结婚那天彭其芳望着家徒四壁老实得像头猪的男人哭得死去活来然后割腕自杀，彭其芳没能去黄泉路，后来跟邻村一张姓男人跑了，男人家里的人把彭抓回来打得半死，从此脚跛了不说，在村里再也抬不

起头。

　　趁父亲还在熟睡，我背着行装跟母亲走出村口，依然有很浓很重的雾气罩着村子，母亲站定看着我往前走，我想她眼里一定有泪。

　　经过金琐的坟时，我想回头去看一眼母亲。

　　但我没有。

　　我一直往前走。

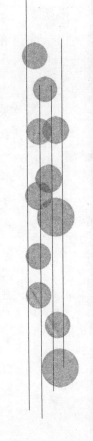

一脸尴尬

天气很冷，秀英站在羊肉汤锅前用瓢轻轻搅动着锅里正沸腾着的羊肉汤。

她开这家羊肉馆已经整整五年了，每年一入冬，这里便是食客盈门。秀英自己总结，生意好的原因之一是这里位置好，左边紧挨着一家医院，来医院看病的人们喜欢在她这里吃羊肉，方便不说，花钱不多吃了也暖和。原因之二是自己熬出的汤与众不同，不仅不上火，而且汤味鲜美。

有时她就想，作为一个离异的女子，不依靠任何人，能够将事业和生活经营得如此风生水起也是她的成功。就在去年三八节的时候，她还被县电视台专题报道了，在记者的镜头前她就曾表示：离异的女子并不会比男人差。

"老板，给我来一碗羊肉。"一个熟悉的声音响了起来。

秀英抬起头来，面前这个女人是她的常客，以前几乎每周都会和丈夫带着儿子一起来这里吃羊肉，用这个女人的话来说，吃秀英老板的羊肉就是一种享受，过上三五天不吃心就会发慌。这个女人的男人也是一来就有说有笑，性格极其开朗。可是自从今年入冬以来，就没见他们光顾过一次，秀英有时会想起这一家三口，想起他们对羊肉的痴迷，想起他们为什么这么长时间不来。

难道他们的家庭出了变故？

秀英端着羊肉走向那个女人，她看见她的头发有些乱，脸上也尽是憔悴。她将羊肉碗放到她面前，她也不像以往要给她多聊几句，只是自顾自地吃了起来。

秀英的心就有了刺痛，难道这个女人的家庭真的出了问题？不然怎么会这么长时间不来了？秀英想起了自己的前夫，那时她那个家是何等幸福！他们经营着一家建材商店，可前夫有了钱心就在别的女人身上了。刚离婚那一阵，秀英觉得天都塌了，眼泪也哭干了。可后来她还是振作了起来，她想活出个人样来，活给前夫看，活给周围的人看，证明自己离了男人日子一样可以过得有声有色。

秀英就一直盯着那个正吃羊肉的女人。秀英想，那个女人的家境绝不是一般的宽裕，在这个小县城里，能够开上价格不菲的小车的人不少但也绝对不是太多。而从那个女人讲究的穿着来看，她是活得很滋润的。但此时秀英看到的却是她一脸的憔悴。可以肯定地说，她的家庭出问题了！

秀英很坚定地这样想。

女人的天性是细腻和敏感的，第六感让秀英再一次加深了这种想法。于是，她决定去安慰她，同是女人啊，遭遇了同样的不幸，一定要让她想得开啊。秀英放下手中的活坐到了正吃着羊肉的女人身边，说："你看你好长时间不来了啊？"女人笑笑说："是的。"秀英想了想又说："你这么长时间没来我就一直想起你，你怎么这样憔悴啊？"女人依然只是笑了笑不再作声。秀英看着只顾吃羊肉的女人说："不好意思啊，我擅自猜测你一定是家庭出了问题，其实我跟你一样是很不幸的，想想当时我男人离开我的时候，我觉得天崩地裂了，但我还是坚强地站了起来，经营我现在的事业，事实证明，我也不是弱者。"

此时此刻，秀英眼里竟浮起水雾，低头吃羊肉的女人抬起头来淡淡一笑又埋头继续吃。秀英趁热打铁说："妹子啊，你一定要想得开，这个社会的男人都不是好东西，但离了他们，我们依然可以活得更精彩……"

吃羊肉的女人突然放下了手中的筷子，扬了扬眉毛说："大姐，你是不是搞错了，我的家庭没有出问题啊，我之所以很久没来你这里吃羊肉，是因为我们发现你这里的羊肉虽然味道好但斤两却不够，我们在东门发现了一家味道好斤两也够的羊肉馆子。我今天之所以来这里吃，是因为我的儿子因感冒发烧在这里的医院里输液，我之所以憔悴，是因为我陪着儿子在医院里熬了两个晚上了啊……"

此时的秀英一脸的尴尬。

受伤的落山凤

锁儿妈从九茹村嫁到神仙树的时候锁儿才九岁，锁儿妈是左手拎着行李右手牵着锁儿来到神仙树的。锁儿的后爹是三十好几的光棍汉，对锁儿妈的到来没有光彩像样的礼仪。

锁儿命苦，锁儿爹是患癌症去世的，有算命的就说是锁儿命硬克死了爹。

锁儿怯怯地拉着妈的手，锁儿就看着那个自己从此喊爹的男人一直看着自己，然后又有一个年龄更大些的秃顶男人从锁儿妈手中接过了行李，后爹就要锁儿喊那秃顶男人叫爷爷。

锁儿才知道这屋里没有别的女人。锁儿渐渐发现后爹脾气非常怪，怪得几乎没有锁儿妈说话的权利，更没有锁儿说话的权利。

神仙树很穷，却是一个美丽的地方，美丽的地方有高山流水、苍松翠柏和山间袅绕的雾霭。不爱多说话的锁儿就在这美丽的环境中一天天长大，一年年出落得秀气水灵如同鲜藕。

锁儿常在春天里百花盛开的时节去山崖边望落日的余晖，夏日稻穗飘香的季节去田野里听清脆的蛙鸣，秋风乍起时去山间采撷金灿灿的野菊花，冬雪飞舞时看一个银装素裹的世界……

锁儿妈没能再生下一男半女，锁儿后爹便狠狠地打锁儿妈，天长日久，锁儿妈忍受不了虐待，一气之下去了远方的亲戚家。

锁儿的肚子就一天天地大起来，不爱说话的锁儿依然爱去望神仙树的美丽。

锁儿妈从远方回来的时候，锁儿泪水涟涟。

锁儿妈就眼里喷火。

锁儿妈第一次凶凶地揪住锁儿后爹的衣领往墙上撞，锁儿后爹第一次软了口气说："不是，不是，你听我说嘛。"

"又不止我一个人。"锁儿后爹一副愤愤不平的样子。

锁儿妈就疯了一般用藤条抽了那个锁儿喊爷爷的秃顶男人，秃顶男人一边破口大骂一边高喊："天哪，又不止我一个人。"然后眼泪鼻涕一齐淌，一副很委屈的样子。

锁儿妈就用头去撞墙。

锁儿妈很快为锁儿订了婚事。

锁儿嫁到了离神仙树和九茹村都很远的地方，锁儿出嫁的时候还不到十六岁。

湿 了

　　姐姐坐在院子里的苦楝树下，有几片斜阳透过树叶掉在姐姐那张白而肥硕的脸上。

　　母亲从外面回来，扛了一捆桑树条，桑条上沾着麦苗与青草，散发着脉脉的清香。

　　姐姐的身子动了一下，母亲就眼望着苦楝树沉沉地叹了口气。

　　"二十五岁了。"母亲。二十五岁的姐姐始终是母亲心里的一块沉重。因了姐姐的肥胖，因了姐姐不太灵敏，还因了姐姐……

　　也因了母亲的沉重，姐姐愈显忧郁。

　　"真担心啊。"母亲说。

　　"真担心啊。"我也跟着说。

　　那是一个冬天里寒冷的下午，我和母亲还有姐姐走在了去李庄的路上。母亲脸上洋溢着兴奋。媒人说，男方家里条件好，住的是瓦房，只是那男人是个哑巴。母亲说，好好好，哑巴更好，不说话免得吵嘴。

　　姐姐脸上也是少有的轻松和羞怯。

　　男方的父母一脸的笑，哑巴也是一脸的笑。母亲围着房子东看西望，悄悄对姐姐说："你要是嫁到这里，可比在家住草房风吹雨淋强得多呀。"

　　晚上，寒风飒飒地吹，床上的稻草是新铺的，很是软和，还散发着幽幽的草香，我想这哑巴男人家里就是比我家好。母亲阴阴地盯着姐姐的脸说："去把尿屙了。"姐姐的脸也阴阴的，姐姐就去了隔壁茅房。姐姐躺下的时候，母亲说："警醒点。"

　　瞌睡不断地在我眼皮上爬动，姐姐的鼻翼里发出了响亮的鼾声。迷迷糊糊间，又被母亲的声音惊醒。

　　"去屙尿！"

姐姐忽地停住了鼾声，睡眼蒙眬地去了茅房，母亲又开始叹气。

半夜的时候，母亲用手咚咚地打姐姐，姐姐把哭声压得很低，姐姐哭得越凶，母亲打得越重，母亲抢着的拳头将姐姐那一身胖乎乎的肉捶得闷响。母亲低声怨骂："你这不要脸的，我才打了个迷糊眼哦，你又屙到床上了……狗日的不要脸的……"

姐姐的身下湿了一大片，也湿了我的衣裤。

母亲和姐姐不敢再睡，她们只有坐到床边。

天亮的时候，母亲当着男方父母的面打了我一个耳光，嘴里骂："狗日的，都十二岁了睡觉还不晓得醒，把尿流到了床上……"

我眼里含着泪，我看到了姐姐那张白而肥硕的脸，哑巴男人的父母赶紧前来阻止，说："小孩子就是这样，没什么大惊小怪的。"母亲不断地摇着头说："狗日的，都十二岁了呀……"

男方的父母和母亲开始商量姐姐和哑巴男人的婚事，男方的父母说什么母亲都说好。母亲带着我和姐姐起身告辞，男方的母亲却说让我和母亲先回去，要姐姐多住两天，母亲万般推托，姐姐则是一脸的诚惶诚恐。

姐姐留下了，母亲带着我往家走，母亲说只要能让姐姐嫁出去，那比什么都好，只要结了婚，对方想赖也赖不掉了。母亲又咬牙切齿，说："这个狗日的，晚上该晓得起来去屙尿哦！"

晚上睡觉的时候，母亲几次将我踹醒，嘴里却喊着姐姐的名字。待母亲反应过来，她又开始叹气。

姐姐回来的时候双眼浮肿，母亲第一句话就是问："还是糟了吧？"姐姐说："没有呢，我晚上没睡。"母亲如释重负，脸上又溢满了笑。

终于等来了姐姐出嫁的日子，母亲那天满面红光，嘴里哼着歌。

母亲说："好了好了。"

我也跟着说："好了好了。"

一月后的一个清晨，姐姐的尸体在离李庄不远的池塘里浮起，母亲带着我赶去了，母亲灰白的脸没有一丝表情。

姐姐的脸愈显白而肥硕，水湿了她的衣服裤子还有她的眼。

母亲大哭不止，喃喃地说："湿了，都湿了。"

沧 生

　　三奶就坐在那棵巨大的杨槐树底下糊纸盒，那槐树一如三奶那张皱纹满布的脸，历经了风霜雨雪尽是创痕。三奶说，她刚搬到这里来时那槐树只有拳头那么粗呢。

　　三奶从哪里来，姓甚名谁没有人知道，人们只知道喊她三奶，走到小镇上只要一问三奶其人，人们都知道是杨槐底下糊纸盒的那老太婆。

　　三奶就一个儿子，在镇子那头的药厂里上班。三奶闲着无事，便让儿子去那药厂里领些硬纸板回来糊成纸盒。三奶常对儿子说："糊点纸盒可以补贴一下家用，这么多年老娘带着你过日子真不容易啊，肚里的苦水可以倒两大桶呢。"

　　儿子上班去了，三奶便埋头坐在老槐树下糊纸盒，街对面卖录音磁带的正放叽里呱啦的音乐，一阵昏天黑地的狂叫把三奶的头震得嗡嗡直响。三奶就朝隔壁屋檐下抱孙子的钱二奶说："现在不知兴些啥，那些男男女女吃饱了饭跑到那小机子里去又喊又叫的，让人难受死了。"

　　那些在小镇上歌舞厅里营生的女人们常常身着短衫脸上施了脂粉唇上涂了口红成群结队从街心走过，抑或在卖录音磁带的小摊前停留，坐在茶馆里喝闲茶的男人们便戛然止了声音伸长脖子瞪着眼睛痴望，似鸭子被人扼了喉。三奶朝那些妖艳的女人吐了一泡口水，对钱二奶说："这些不要脸的东西，袒胸露背到处骚，见了让人作呕，那红爪爪起码有半寸长，呸！"三奶又吐一泡，正吐在刚下班回来的儿子面前。儿子说："妈你不懂，现在的人思想开化了……"三奶将手里的纸盒朝儿子脸上掷去，"你懂个屁，开化了也不挣那种钱，那是什么钱哦？"儿子说："妈，人家也是生活所迫嘛……""迫个球，老娘这一代过少了火辣日子吗？

呸!"三奶越说越气,眼里充了泪,那张干瘪得像老枣的嘴不停地颤动着。儿子赶紧往屋里躲,三奶呆坐在树下半天不语,继而摇摇头沉沉地叹口气。

这天夜里,三奶从睡梦中惊醒,大街上一片闹嚷嚷的,三奶赶紧踮着小脚出屋,街心围了一群人,好半天,三奶才弄清了,李家男人晚上去搂歌舞厅的女人被老婆揪住了正打成一团,又是哭又是骂的。钱二奶也出来看热闹,三奶说:"呸,这些拈花惹草的男人真不是东西,自己的女人不搂非得去搂别的女人。"三奶又说,"怪就怪歌舞厅里那些臭婊子,勾引人家的男人,真不要脸……"

三奶依然坐在杨槐树下糊纸盒,那些浑身飘香气袒胸露腿的女人们从街心走过的时候,三奶便斜了眼睛狠狠地瞪一眼,然后吐一泡,嘴里叽叽咕咕地骂。

一日,杨槐树下来了一个和三奶年纪差不多的老太太,三奶先是一惊,然后满面欢欣和那老太太亲亲热热呱呱啦啦。之后,三奶便天天和那老太太坐在树下糊纸盒,叽叽咕咕地小声说话,只是那些歌舞厅里的女人从街心走过的时候,三奶不再去望,也不再吐口水不再谩骂,三奶与那老太太似有说不完的话。

这日,三奶破例没有坐在树下糊纸盒,只和那老太太在屋里小声说话,慢慢地声音越来越大,好像在争执什么。再后来,屋内由争执发展成为吵闹,那老太太跨出三奶的屋,朝屋里指手画脚,嘶哑着嗓子骂:"你能,你再能还不是从窑子里出来的!"三奶青了一张脸喘着粗气颤出屋,那张干瘪的嘴不断地颤动,槐树下已围了一群人,钱二奶抱着孙子站在自家门口,那老太太又骂:"你那儿子还没找着姓呢,一方名妓现在没人要了,到这树下成天糊纸盒……"

老太太骂骂咧咧地走了,儿子下班回来正站在人群里,三奶就看着那些眼睛都盯着自己,只觉得天旋地转,险些跌倒。

这夜刮了一夜的大风,下了一夜的大雨,三奶便在狂风暴雨中静静地闭上了眼睛。

第二天,人们发现那棵杨槐树连根拔起倒在了大街心,那些在歌舞厅里营生的女人们便绕了树尖从街边走过。

岔 路

女记者每天上下班必须经过那条坑坑洼洼的岔路。女记者逐渐注意到，那岔路两边屋檐下聚了许多衣着不讲究的男人，各种年龄层次的都有，他们大都带着锄头、竹筐等各种工具。太阳出来的时候，他们便用竹筐枕着头睡觉。

女记者了解到，那全是些外地民工，大多抛下妻子儿女到这大地方谋生。一日三餐都在屋檐下那个苍蝇乱飞的小摊上进行，晚上便去附近一家空仓库花一元钱住地铺。

那天，女记者依然经过那段岔路的时候，太阳光正毒毒地当头，一些民工懒懒地倒在地上眯着眼睛打瞌睡。一个骑自行车的男子驶进岔道停下，望望那些无精打采的民工，干咳两声说："谁愿意去帮我搬货？"

睡着的呼地坐了起来，坐着的呼地站了起来，几步窜到那骑车男子的面前，沉寂的气氛忽地热闹。

"我去我去我去……"

所有的人都拼命靠近骑车男子，拼命地向他挥手，拼命地去拽他的衣角。

"三十块我去……"

"二十块我去……"

"十块我去……"

骑车的男子很快被围得水泄不通，一张张被太阳烤得焦黄的脸上布满焦灼盼望与期待。

骑车男子终于无从下手。

女记者望着人群蜂拥处，心开始颤动了。她回到报社对主编说："那些民工才是生活在社会最底层日子最艰难最值得同情的人，而那些鱼肉百姓的贪官们能够有一点点良心，都足以让这些苦难的人们生活得好一点……"女记者说话的时候眼里含着泪，胸脯起伏着。

主编笑着说："那你倒可以采访一下那些民工，写些实在的东西！"

女记者点点头："我一定会写好！"

女记者便在那段坑坑洼洼的路边待了好些天，她亲眼看着这些为了挣一口饭钱的民工们将自己的劳动廉价再廉价，每餐在小摊前将那让人没有食欲的饭菜吃得津津有味。女记者晚上去空仓库看了，那是一间大屋，用了塑料布摊在地上，民工们就横七竖八倒在地上呼呼大睡。

终于有一天，女记者袅袅婷婷地走到了他们中间，和他们谈心拉家常，问他们这样或那样。那些被生活的苦痛与艰辛煎熬得发呆的眼睛便盯着女记者痴望……

女记者坐在桌前文思如潮，奋笔疾书。

女记者终于觉得自己做了一件大好事，她想用自己的笔唤醒人们，多给那些苦难者一点关爱一点支持一点帮助。女记者想着想着，心里便有了一种成就感。

女记者在完成稿子的那天晚上，夜已深，她好兴奋好激动，她想马上把这消息告诉那些民工。于是骑着车哼着歌朝空仓库方向而去，凉风吹来，女记者有些心旷神怡。

快到空仓库大门的时候，她被人拉下了车，然后无数个人猥亵了她。

被告席上，坐着几张被太阳烤得焦黄的脸，那是几张常出现在那段岔路两端屋檐下有些木然的脸，他们说，那天天很黑，真的不晓得就是女记者。他们又说，对不起对不起啊！

诚　实

"做人一定要诚实。"自懂事起，母亲就一直这样对我说。

七岁那年，媒人为大姐介绍了一个城里男子，据说那男的是一个工厂里的工人，因为听说大姐是村里有名的美人才答应见一面，媒人对母亲说选个日子将他约到家里来。

这对于我们全家人来说无疑是一件天大的喜事，因为我们祖宗八代都没有一个城里亲戚，能够攀上这门亲会让我们一家在村里增辉添彩。

母亲提前几天就开始收拾屋子，母亲是一个爱干净之人。母亲说，一定要给人家留个好印象。

到了那一天，父亲天不亮就起床进城去了，上午的时候他买回了一块带骨的猪肉，母亲说，将骨头敢下来炖汤，肉拿来炒。

当带皮的猪肉煮得油光发亮放到菜板上时，我开始咽着口水。大姐用菜刀将肉切成一块一块的薄片，我眼巴巴地望着肉上的腾腾热气伴着香味在空气里弥漫，然后又浸进鼻孔。

母亲在菜板上拈起一块肉给我，说到一边玩去，等会儿上桌子不要吃得狼吞虎咽，不然客人会看不起我们。

我将那一块肉含在嘴里一直舍不得吞下，大姐的惊叫声吓着了我，她龇着嘴用右手捏着左手，原来她切到了手，鲜红的血正不断地冒出来。母亲跑过来说："你咋就那么不小心呢？"然后找布将大姐受伤的食指包上。一会儿大姐才想起说那指甲切掉了一大块呢，赶快到那堆肉里找找。母亲在菜板上肉堆里找了半天也没找到，母亲很是着急，说："咋就不见了呢，到时让人家客人吃到多么不好啊。"

母亲还在那里找。大姐说不用找了，或许在切掉那一瞬就飞到地上去了。

母亲这才松了一口气。

客人是在接近中午的时候来的。那个男的戴了一副眼镜，显得文质彬彬。媒人要我喊他大哥。

母亲走进灶屋对正在往灶里加柴的父亲说："啧啧，人家送酒都送了两瓶！"

吃饭的时候，父亲陪着那男子喝酒，媒人和母亲便陪着他东一句西一句地拉家常。

母亲不断地说："我们乡下没什么好吃的招待你，你不要多心。"

那男子只是很腼腆地客气地回应着。

我实在是经不住碗里那肉的诱惑，虽然母亲的话不断地在耳边回响，但还是左一块右一块地往自己碗里夹。

突然，我吃到了一个硬硬的东西，它似乎戳了一下我的口腔，伸手摸出来，我看见那是半块指甲。

"啊哈，我吃到了——指甲！"我想我的喊声里充满了惊喜。

桌上的空气似乎凝固了，很快，母亲从我手里抢了过去，说："小丫头片子胡说八道，什么指甲不指甲的。"

我说："就是指甲，就是大姐切掉的那块，我看清楚了的。"

大姐又从母亲手里抢了过去，看了看说："咋可能是指甲嘛，睁着眼睛说瞎话。"

我说："就是就是就是，你们看清楚嘛，明明就是指甲。"

媒人凑过来看了看，说："什么指甲哦，是一块谷粒壳。"便从大姐手中扯过丢到了地上。

"你们才是睁着眼睛说瞎话啊！"我充满了愤怒。

大姐恶狠狠地瞪了我一眼，气呼呼地跑进了灶房。

父亲不断地招呼那男子喝酒，我望着母亲一脸委屈，说："那明明就是大姐的指甲嘛。"

母亲微笑着将我从饭桌上牵了下来，走进灶间猛地给了我一记耳光，然后又若无其事回到饭桌上呵呵地笑着招呼男子和媒人吃菜喝汤。

我眼里噙满了泪。

城里人

　　杨老头斜靠在那张已显得较为破旧的藤椅上，左脸部正火辣辣地痛。看看床上正鼾声起伏的女人，杨老头就在心里恶狠狠地骂了一句，又转过头很响地吐了一泡口水。

　　在这个家属大院里，杨老头作为一个门卫是尽职尽责的，不论是严寒酷暑，也不论是深夜几点，只要有人敲门，他都会以最快的速度起身，又以最快的速度开门，然后从脸上挤出最大限度的笑容。他知道城里人与乡下人不一样，乡下人白天劳作，晚上睡觉，而乡下人晚上睡好了觉也是为了第二天有更好的精力劳作。城里人的活动应酬是没有白天黑夜之分的，在杨老头看来，城里人脸上自古就写着一种天生的优越感，不管是深夜几点回家，也不管天气有多冷，他们都会昂首挺胸且面无表情地从杨老头身边走过，尽管杨老头开门的时候脸上最大限度地挤满了笑意。

　　杨老头还会将各层楼的楼梯间以及院子打扫得一尘不染，让整个家属区的每一个人都感到满意。不管哪家的东西需要从楼上搬到楼下或是从楼下搬到楼上，不管有多脏多累多重，他都会把最完美的"服务"奉献给别人。因为杨老头深知，城里人很容易有意见，而家属区的人的意见就直接关系到了他的"饭碗"。这个饭碗是来之不易的，这个饭碗是自己女人的妹夫的表哥的姨妈介绍的，所以女人在杨老头面前动不动就会说："不是老娘，你还在担粪桶爬坡上坎呢……"面对女人的趾高气扬，杨老头当然无话可说，因为杨老头祖宗八代就没有一个城里亲戚，也正因为女人的这层关系，杨老头才第一次离开了小山村，第一次来到了这座大城市，第一次坐了火车，第一次看了冬天还穿裙子的女人，也第一次受到村里人的羡慕，第一次得到了村里人的敬重。村里人看来，在城里待过的杨老头现在已不是农村人了，城里人应该理所当然地受到农村人尊重，所以每一次杨老头回到村里，受到的待遇绝对是和城里人一样的，因为杨老头见多识广，可以给村里人说火车有多长，大城市有多大，冬天穿裙子的女人们是多么有钱。

女人的鼾声更响了，杨老头盯住女人的脸，想想刚才那个喝了点小酒的城里人，由于开门慢了半拍，那个人就开始骂骂咧咧，满脸堆笑的杨老头听见自己的娘受了辱，心里当然不好受，于是嘴里便咕噜了一句，这是一句什么，连他自己都不清楚。可就是因为这一句连他自己都不清楚的咕噜，便被火辣辣地打了一耳光。

这种耳光对杨老头来说已不是第一次，他相信也绝不是最后一次，因为城里人的脾气是让他摸不透的。

再过两天就是乡下母亲的八十大寿了，杨老头老早就决定回去为母亲做寿。村里早已传遍了在城里混出了名堂的杨老头要回来为老母做寿的消息。他提早备了些礼品，那种礼品的包装袋是城里人才提的。

杨老头想象着提着这种包装袋的礼品走进村口的那种气派，还有村里人那种仰望的目光。

杨老头就带着甜蜜而满足的微笑进入了甜美的梦乡。

风　光

　　爹来信说八月初六是他的六十大寿，要水牛带上妻子和儿子准时赶回去。爹还在信中说，已向亲戚朋友和村里人宣称是在外挣了钱的水牛花钱为老爹摆三十桌酒席庆祝花甲寿辰。水牛知道爹是一个死要面子的人，水牛还知道爹常在亲友及村人面前吹嘘儿子在外做生意挣了大钱，一年起码就有十万八万的。

　　"球哦！"水牛狠狠地骂上一句，一脚踹开屋门，他知道办这三十大桌酒席可能花掉父亲所有的积蓄。

　　女人正在屋里洗衣裳，头发乱糟糟的。

　　"爹八月初六满六十，喊我们回去。"水牛一屁股坐在吱吱乱叫的床上。

　　女人抬起头，诧异地望着水牛："回去又要花好多路费。"

　　"球哦，路费？爹还宣称是他儿子为他操办的呢，你就晓得说路费。"

　　"挣一年到头，还不够路费。"女人嘟哝着。

　　水牛一把抓住女人的头发提了起来，"啪啪"就是两耳光，嘴里骂着粗话。

　　女人只是哭，不敢顶嘴，她知道顶嘴会挨得更凶。她其实已习惯了男人的拳脚，也摸索出了些防挨打的门道来。

　　女人被水牛重重地扔在地上，洗衣粉泡沫糊了女人一手，女人不断抽泣。可今天的水牛还是不解恨，狠狠朝女人踢了一脚，女人惊叫一声，手捂着肚子在地上打滚，水牛骂："你这丧门星婆娘，有你在，老子做啥生意啥生意亏本！"

　　儿子从外面跑进来怔怔地不敢作声，水牛就说滚。

晚上睡觉时，女人捂着肚子面朝墙，水牛扳过女人的肩膀说："我们回去，风风光光的。"

女人不作声。

"听到没有？"水牛大吼一声，眼睛在黑夜里喷出火来，熟睡的儿子被吓得呜呜直哭，女人一手揽住儿子，一边流泪一边拼命点头。

第二天一大早，水牛到大街上去了，半晌提回一袋东西，女人吓了一大跳："你哪来这么多首饰？"

"吼啥子吼？"水牛说，"你把这些项链、耳环、戒指戴上，村里人认不出真假，你回去必须表现出很高贵的气质来，像城里女人一样。"水牛又说，"我向卖百货的卢老板借一下手机，保证不打就行。"

女人起身捂着肚子坐到镜子面前，她发觉自己苍老憔悴的脸无论如何也找不出城里女人那种高贵的气质来，只是比离开村子时多了一道疤痕，那是水牛用板凳条打的。

水牛说："撑起，把面子撑起，我去叫刘小笛把密码箱借给我用一用。"

女人看着水牛乐颠颠的样子，想到生意赔本穿不成穿吃不成吃住不成住，女人又流下泪来。水牛就又扇了女人一个耳光："球哦，你马尿水流不完吗？"

女人破例涂了点脂粉，梳了个城里女人的头型，手上戴了戒指，脖上挂了项链，耳朵上吊了耳环，跟着提密码箱拿手机的水牛带着儿子上了火车。

走近村口的时候，水牛家已高朋满座、热闹非凡、人声鼎沸。水牛慢慢停了下来，望望女人望望儿子，理了理油光可鉴的头发说："挺胸、收腹、抬起头！"然后伸出左肘对女人说："挽着我的手。"

爹娘和我

娘说："梅花三娘将爹拐跑了。"

我说："该是爹将梅花三娘拐跑了。"娘叹口气，"跑了就跑了吧，他不留恋这家，家里还有啥值得留恋他的，倒唯愿和那三姨子去填火车轨道。"娘说话时便抹泪，又叹气。

娘和爹结婚以来，娘就没生下一个孩子，娘说我是从大枣树下捡来的弃儿，可娘待我比亲娘更好。年轻时爹不喜欢娘却和娘结了婚，爹喜欢骆大爷之女骆梅花，梅花生得花容月貌、明眸皓齿，可梅花是青楼女子，人称梅花三娘。

娘又骂："这辈子命苦，做女人这般难，嫁个男人总是去抱别的婆娘，死后一定去找阎王爷打官司，下辈子好捞个男人当当……两个狗男女出去死无葬身之地……"

娘骂完又看我，眼里噙泪半天不说话。

一做完事，娘便立在村头大枣树下望那条通往山外的羊肠小道，呆呆地一脸悲戚。

我上前，拉了娘的手，"娘回吧，别伤心哩，有我孝敬你，等爹和梅花臭三娘去填火车轨道。"娘蹲下身直着眼睛看我，许久许久，蓦地又将我搂在怀里，我被憋得喘不过气，娘泪水滂沱于脸上，接着又在我脸上嘴上一阵狂吻。

从此娘不再多言语，只是更加心疼我，就是从不提起爹，我也将那梅花三娘恨得咬牙切齿。

我说："娘，等我长大了就去学武功，然后把那梅花三娘打成肉泥。"娘不语，只一个劲直着眼看我，似要将我吞下。

秋凉一阵紧似一阵，晚上起风了，树叶被吹到房顶上沙沙作响，娘替我掖了掖被子，用手将我揽在怀里，一只手轻轻地拍打着我唱起了那首歌：

喜鹊喜鹊叫喳喳
老喜鹊把小喜鹊生下
小喜鹊长大了却闹着要分家
……

娘唱完一遍又唱一遍，我睁大眼睛听着娘那夹着抽泣的歌，我想说："娘，我已经长大了，不要再唱这歌催眠。"我终于没有说。

日子一天天过去，娘的脸上不断地多了皱纹和憔悴。我为自己终于能帮娘干活而高兴。担水磨面，抛粮下种，我便在旁边打帮手。我的脑瓜子不笨，很快将各种种庄稼的方法学到手，并能不断创新。娘很是欣慰，话多了起来，只是依然不爱笑。

娘病倒了，咳嗽不止，甚至一咳便面色发红喘过不气，我守在娘身旁不离一步，娘用手摸我的脸一阵嘤嘤哭泣。

吃了很多药，娘的病依然不见好，娘哭，我哭，我们的泪渗合成一条线。

一天，爹回来了，多了白头发，却不见梅花三娘，娘躺在床上看着爹只是哭，继而又不断咳嗽。爹坐在床前握了娘的手哽咽着说："这辈子我对不起你！"娘说："我知道迟早有一天你会回来，我迟早会失去孩子。"

我扑上去抱住娘喊："娘，你咋会失去我呢？我就在你身边呀！"

娘用手摸我的头，睁着一双失神的眼睛，叹口气说："你不是娘的亲骨肉，你的亲娘是梅花三娘，娘爱你爹，三娘也爱你爹，年轻时娘胜了，和你爹结了婚。可你爹爱的只是梅花，娘不争气生不出娃，可娘也爱娃，你跟你爹走吧，你梅花三娘在远方等你呢……"娘说完，脸上绽出了一个灿烂的笑，这是这些年来我看见娘的第一个笑，笑得那般抒情那般生动却有些无奈。

我将头贴在娘的胸前号啕大哭。风凄凄，夜暗暗，山岭上一豆火散放出幽光。背上包袱同爹走出村口的时候，我再次回过头去，任泪水恣意流淌，心里默念："娘，再看我一眼吧！"

对 门

　　那条炭灰铺成的石子路将那两间房子隔开，一边是主人曾用来堆柴草杂物的，由收荒匠花月租三十元租去。收荒匠在低矮的屋檐下用砖头砌成一个简易的灶，平日里挑着箩筐走街串巷大声吆喝"收破铜——烂铁哦"。之后便回到那屋檐下煮一碗面条熬两碗稀饭或炒几块土豆片。村上的人都知道收荒匠不是本地人，由于家里穷一直没有讨到老婆。小路的另一边是主人专门修来出租的，装修得很是光鲜。

　　这日，收荒匠见对面那屋里来了一位衣着华丽的年轻女子，那女子眼影抹得特浓，口红涂得特鲜，领口开得特低，走起路来昂首挺胸摇摇摆摆，收荒匠便在屋檐下瞪着眼睛痴望。

　　"有好戏看喽！"村里三五成群的人望了路那两边的房子窃窃私语。

　　那年轻女子常在天快黑时出去，至于晚上什么时候回来没有多少人知道，但人们发现她有个睡懒觉的习惯，总是要到中午时才起床慢慢梳洗打扮一番去小镇集市上买些鸡鸭鱼肉回来，一个人在屋内慢慢地炒慢慢地吃。

　　"那妞长得好漂亮，据说是在镇子上的歌舞厅里营生哩！"村里有几个年轻人朝那女子挤眉弄眼。

　　"我算是被你坑惨了，上个月那三十块你一推再推，这一个月又到期了，一共就六十块了！"白胖胖的房东太太朝收荒匠嚷。

　　"你知道，现在撵穿了，收荒的人多，生意又不好做……"收荒匠低了眉眼，嘟哝着："你再宽限些日子，我三个月的一起给……"

　　"三个月就九十块，你有那么多吗？也真是的，你三个月才九十块，人家对门那女的一个月就二百八十块！"房东太太继续念叨。那女的已拎了两条活蹦乱跳的鱼从外面回来，冲一脸怒气的房东太太嫣然一笑，一阵风似的飘进了屋。

吃饭的时候那女的将鱼刺从屋内扔了出来，收荒匠正蹲在屋檐下啃冷馒头。

"呸！"收荒匠朝对门吐了一泡口水，"臭婆娘，凭你那嘴脸就可以大鱼大肉，"收荒匠又吐一泡，"老子要是女的也跟你一样大鱼大肉！"

以后，那年轻女子只要在屋里呆着，收荒匠便蹲在屋檐下瞪眼吐口水。

村里有年轻男子讨好年轻女子，说："小姐，你那么漂亮，当心那收荒匠……"

年轻女子只是嫣然一笑，依然昂首挺胸摇摇摆摆地走了。

这天夜里，人们都已睡了。收荒匠撬开了对门的门，一阵翻箱倒柜，屋里的灯忽然亮了，那年轻女子坐在床上惊叫起来，原来她今晚并没有出去。

收荒匠突然跪到地上："大姐，你知道现在撵穿了，收荒的人多，生意又不好做，实在没办法……"

门外忽地人声嘈杂。

"出事了，出事了！"人们似乎都猜出了里面发生的事。

年轻女子愣了半晌，从枕边掏出一个钱包扔给收荒匠："拿着钱从后窗走吧，我的钱要比你容易得多。"

门外的人越聚越多，有人开始敲门，等收荒匠从后窗消失，女子拉开门，几个年轻男子围了过来。年轻女子揉揉眼睛说："我刚才做噩梦了，好吓人呢！"

年轻男子们朝屋里张望，又说："我们还以为那收荒匠……小姐，你那么漂亮，小心那收荒匠哦……"

人群终于散去，年轻女子回屋坐到了天亮。

年轻女子开门的时候，那钱包完整无缺地躺在门口，只是不见那收荒匠。

以后再也没有见过那收荒匠。

防　老

　　母亲三岁丧父，十三岁丧母，然后母亲就到地主家里去做了丫鬟。十九岁那年，新中国成立，母亲嫁给了比她年长十五岁的父亲。父亲也从小是孤儿，和母亲同病相怜，可两个孤儿走到一起建立一个家，艰难是可想而知的。后来母亲又稀里哗啦生下了九个女儿，为拉扯这九个女儿，母亲和父亲起早贪黑出工挣工分，队里的人常对我说："你妈是口中不吃肚中挪才让你们姐妹有了活命。"又有好心的女人说："你妈生了九个，怀孕的时候没吃的，那是一种怎样的惨哦。"

　　后来，包产地承包到户，母亲更是早出晚归。第一年粮食丰收，母亲有说不出的兴奋，说，终于可以吃饱饭了。

　　母亲的脸多了红润，饭桌上几乎每天中午有一顿红苕干饭，菜也大多是母亲在自家自留地里种的青菜、萝卜之类。为供我们姐妹几个上学，母亲也把种的菜担到城里去换几个钱，或是把家里鸡生的蛋拿去卖。当然，除了可吃饱饭，家里逢年过节或有人过生还是能吃上一顿肉。母亲说，这日子真是好过呢！

　　母亲六十岁那年，父亲患癌症去世，其时母亲还身体硬朗，我们姐妹几个都已嫁离了那个小山村。母亲坚决不跟着出门的女儿住，母亲说，自己身体还好，可以独立生活。

　　于是我们姐妹几个常在农闲时候去母亲那里坐坐，有时也掏出十元八元的叫母亲改善生活，但母亲从来都是将钱存起来，说等她动不了的时候再拿来用，说这就叫防老哇。

　　后来，母亲又患上了一种头晕的病，村医说，加强营养。我们又拿出点钱让母亲去大坪里买肉吃，每次给她，她又存起来，说要等动不了

那一团紫

的时候再拿出来用。见她不肯去买肉吃，我们就商量干脆回去看她的时候直接到大坪里给她买块肉。肉买回去后，母亲又用盐加酱油和大蒜泥将肉腌好，说是等有客人来的时候免得再花钱去买，省点钱等动不了的时候再拿出来用。

母亲的去世很突然，那是一个雨后的黄昏。当我们姐妹从各自的家中赶来的时候，母亲已直挺挺地躺在门板上了。邻居说，半下午的时候下大雨看见母亲在坝子里收干盐菜，收着收着就忽然倒了下去。

种种症状证明，母亲是心肌梗塞。

清理母亲遗物的时候，从母亲的木箱子里找出了用层层旧布包起的防老钱，一共九百五十二元。

仿佛又听见母亲在说，这些钱，等动不了的时候再拿来用。

不信流言

　　清秋认为她当时嫁给燕西绝对是昏了头，这是在清秋生下了第一个女儿后做出的结论。在第二个女儿出世后，这种感觉就越来越强烈了。不过事已至此，清秋想也就只有嫁鸡随鸡嫁狗随狗了。

　　清秋是一百个不愿意生第二胎的，但她却无法拗过燕西的父母和村人们世俗的眼光，农村里没有儿子是抬不起头的。可是，为了生第二个孩子，清秋东躲西藏可谓倾家荡产，可生出来的还是个女儿，这还不算，三个人的包产地也被生产队按政策收去了一份，一家四口两份包产地，让这个本身就不宽裕的家更是雪上加霜。这不，还没到过年，粮食就已经不够吃了。

　　清秋心里也有说不出的怨，别人家的男男女女都外出打工挣钱修造屋，唯独就是自己和男人守在家中过这穷日子，清秋不是不想出去，是因为她丢不下两个女儿，也丢不开两个女儿。而燕西呢，虽长了一副有棱有角的模样，上了两个高三也没考上大学，也算是村子里多少有点墨水的人，可却兼文夹武，农村里还能拿脸蛋拿墨水当饭吃？清秋无数次地后悔自己当初就是看上了燕西的"帅"和"有知识"，真是糊涂之至啊。家中快断粮了，两张小嘴巴哇哇叫，可燕西百事不问，整天就到大路上的茶铺里打麻将、喝酒。清秋也曾又哭又闹，可是不起任何作用，清秋就只有在心里怨自己的命了。

　　燕西回来的时候天已经黑净了，清秋正在猪圈里喂猪，两个女儿倚在门口的草垛子上打瞌睡，燕西将一个沉甸甸的麻袋放在屋檐下。

　　清秋说："那是什么？"

　　燕西说："是口粮。"

清秋掀开口袋，那是满满一袋稻谷。燕西说："是桂花给的。"

桂花是村里的妇女主任，男人在外包工地挣了钱，桂花因此吃穿无忧，村子里许多女人不知有多羡慕，清秋也是其中一个，看看比自己至少年长十五岁的桂花整天打扮得花枝招展，清秋就感叹：嫁个能挣钱的男人是何等重要啊。

清秋不知道桂花与自己一家人非亲非故为何要给这一袋稻谷，她也不想知道，她只知道自家马上就要断粮了，这一袋子粮食来得正是时候，她心里对桂花更多的是一种感激。对桂花充满感激的清秋就对燕西说："你以后多去帮帮桂花，长年累月男人不在家，一个女人家也有难处。"

燕西连连点头。

从此以后，燕西经常从桂花那里带回些米呀面的，两个女儿的脸上也日渐红润。燕西说："人家桂花家里从牙缝里抠点出来，也够我们家四口吃了。"

渐渐地，村里有了一种说法，说桂花和燕西的关系搅不清。传到清秋耳朵里，清秋笑笑说没有的事，自己男人自己信得过。

晚上，清秋对燕西说："桂花腿功如何？"燕西愣了一下，说："起码比你行。"清秋说："人家整天吃香的喝辣的油水充足肯定有心思在床上使劲，我们这种人饭都吃不顺还说那事？"燕西在清秋胸前捏了一把说："你在我心中的地位至高无上。"清秋说："老子不听这些，管他地位不地位，只要把粮食拿回家，娃儿要吃饭才是真的。"

过年的时候，清秋主动向燕西提出让桂花到家中来过个年，说就是要让村里人看看她清秋不信流言，也让孤独的桂花和自己一家人热闹热闹。

吃年夜饭的时候，桂花和清秋都喝了很多酒，酒是桂花拿的，鸡鸭鱼肉都是桂花买的。喝了酒的桂花看燕西的眼神就有些不自主了。桂花说："狗日的男人，有了钱就在外面养野女人。"又转过头对清秋说，"吃亏的可都是我们女人啊！"清秋醉眼蒙眬地说："其实你也不亏，我们家燕西比你小了十五岁啊……"

鬼 事

村里是在九月初五那天开始闹鬼的。

二虬开门倒洗脚水时望见了村头半坡上那片坟场中间有团白色影子在舞动，二虬吓得魂不附体关门倒地半天说不出话。然后村里便沸沸扬扬说得有鼻子有眼睛，还有人补充说还听到了从村头半坡上传来的幽幽的鬼哭声。

于是整个村子笼罩在恐怖的氛围里，人们在天还未黑净时便早早地关上了门，大人小孩都不敢多作声。

深秋的夜晚四处死一般的寂静，母亲吹灭那豆煤油灯火替我掖了掖被窝紧挨着我躺下，父亲在床那头吭吭咯咯一阵狂咳，我睁大双眼望着伸手不见五指的空间，偶尔有一阵风吹落干黄的树叶落在房顶上沙沙作响，更为小屋增添了惊心动魄。

突然，一阵呜呜声由远而近缓缓飘来，游丝般让人后脊发凉。

鬼来了！

我下意识地抱紧母亲，母亲正用脚碰父亲，父亲会意了不敢吭声，喉咙里大概已涌了许多痰，咕嘟咕嘟像刚开锅的红苕稀饭。

天亮时分，人们红肿着双眼开门东张西望，然后变换着脸形奔走相告，都确认着昨晚那鬼哭声，村里霎时一片阴森森的。

队长敲着破锣走家串户，说这鬼不收全村人都不得安宁。今天一定要请个高明的道士把鬼收了，队长还说收鬼的仪式就在山背后的晒坝里进行，全村大大小小老老少少必须到齐，心要诚，人多刚神大鬼才害怕。

天黑时，收鬼的道士在队长家中酒足饭饱后，穿上道袍，携了道具，将村人召集在晒坝中央。一排香烛在搭好的台子前燃亮，男女老少黑压压跪成一片。道士燃起一堆钱纸口中念念有词，全村人大气不敢出。我左边挨着母亲，右边挨着父亲，父亲喉咙里咕嘟咕嘟煮红苕稀饭般地响，我揣摩现在大声吭吭咯咯对父亲是件多么痛快的事，杨槐树叶飘进颈项里痒痒的却不敢用手去摸。

道士在桌前手舞足蹈，突然一屁股坐在地上，全场人一惊，伸长脖子瞪着眼睛痴望，似鸭子被人扼了喉。道士又从地上一跃而起大喊一声："你这何方妖怪好霸道！"随即敲了一面小铜锣咿咿呀呀地唱。全场人出了一身冷汗，寒冷的夜风吹来后背发凉，父亲那咕嘟咕嘟声越来越沉闷，越来越压抑，气也越喘越粗。

道士抓了一把纸钱点燃在空中狂舞，口中念着："妖怪妖怪你从哪里来，出没阳间把人害，玉帝降旨呀呀呸收进来，打进十八层地狱永世不得翻身……"

"叭！"道士手中的惊堂木一响，一把燃着的纸钱在空中飞成一个红弧，最后落入桌上放着的一个敞口瓦罐中，道士随即封了口，并说妖怪已除。全场人都松了一口气，父亲便吭吭咯咯放肆地咳了大半天。

道士又咿咿呀呀地唱，我两眼开始粘合，迷迷糊糊间，忽听一阵闹嚷，村里的壮年男子蛮牛将陈寡妇和王友根推到晒坝中央，蛮牛吼："好好交代！"

陈寡妇便一把鼻涕一把泪，说这些日子都是她和王友根在外野合，怕被人发现便故意装神弄鬼。王友根又给队长磕了头，说要大家原谅，千万别扣发他和陈寡妇的粮食，说完又和陈寡妇哭成一团。

人们有些悻悻然，转眼却不见了那道士。

蛮牛说："这世上根本没有鬼！"

队长说："都是真的。"

人们恨透了陈寡妇和王友根，对蛮牛更是牙痒痒的。

还 击

正准备炒菜的时候，六岁的儿子突然号哭着从外面跑回来，我赶紧关上煤气，儿子的舅舅小谈也从里面走了出来。

"怎么啦，子豪？"我一边将儿子拉进屋，一边用纸巾擦去他小脸上的眼泪鼻涕和泥土。

坂垣一夫打了我。儿子的泪再一次汹涌，说话也哽咽不清。

"又是他？妈的！"小谈猛地在防盗门上擂了一拳，"走，找他去！"

小谈说话间已换好了鞋，拉着儿子走到门外。

我一把拽住他，"干什么呀？要去打架么？都是小孩子，打出问题咋办？别忘了你是武术教练，手脚没个轻重。"

小谈猛地甩开我，怒目圆睁："姐，凡事不过三，他妈的小日本也欺人太甚了……"

小谈拉着儿子怒气冲冲地下楼了，我怕小谈年少气盛，也赶紧换鞋跟了出去。

这个坂垣一夫，也才八九岁的样子，随父母从日本那边来中国不过两三年，却会讲一口流利的汉语。人长得牛高马大，常在院子里欺侮其他中国小孩，儿子就是其中一个。我也和丈夫一起上门找过他父母，丈夫每次总是客客气气，说："都是些小孩子，我们不多计较，只是大人多教导教导！"可这坂垣一夫总是屡教不改。

跑下楼，坂垣一夫在玩滑滑梯，小谈正在儿子耳边嘀咕什么。不久，儿子站在滑梯下面朝坂垣一夫喊："坂垣，你下来！"

坂垣斜着眼睛望了儿子一眼，嘴里叽里咕噜地念着什么，继续玩滑滑梯。

"坂垣，你是个胆小鬼！"儿子又喊。

这一次激怒了坂垣一夫，他迅速从滑梯上滑下来，瞪着眼握着拳头冲到了儿子面前。

小谈叉着腰往地上一跺脚，"小日本，我看你拳头有多硬！"

坂垣一夫已挥到半空中的拳头停了下来，咬牙切齿地看着站在一旁的小谈和我。

"我舅舅会武术，将你打成肉泥！"这一回该轮到儿子洋盘了。

"子豪，告诉舅舅他是怎么打你的？"小谈说。

"舅舅，他在我胸口打了两拳。"

"好，子豪，你听着，用脚踢他的屁股，只能用脚，踢四下。"小谈说。

儿子得意地朝着坂垣一夫的屁股踢了四下，那小子眼里的气焰渐渐消了下去，取而代之的是两颗晶亮的东西。

"子豪，告诉他，以后再欺侮咱，咱就再加倍还。"小谈喊。

"以后再欺侮咱，咱就再加倍还。"儿子的声音很大。

"我回家告诉我爸，我爸是伊藤洋华堂的经理。"坂垣一夫再一次被激怒了。

"我爸在省委。"儿子也不甘示弱。

小谈此时一脸皮笑肉不笑，说："小日本再敢到中国土地上撒野，马上将你们赶出去！"

我怕事情进一步扩大，拉开了儿子和小谈，回头对坂垣一夫说："现在中国强大啦！"

再后来，儿子再和坂垣一夫在一起玩的时候，再没发生过被欺侮的现象，每次见到我和丈夫，坂垣一夫还会用日本人的礼节一躬身："叔叔阿姨好！"

该死的 T 恤

　　章子男猛然间醒过来时不禁一惊，看看表，已是八点整，会议是八点三十分准时开始，打的过去在不发生堵车的情况下起码都得三十分钟。章子男赶紧想坐起身来，睡在手臂上的小女人哼哼叽叽地打着哈欠，说："你就要走了？"章子男俯下身在小女人脸上亲了一下，说："今天的会议是我主讲，来不及了，不然一屋子的人都得等我。"小女人不依，拉着章子男的手开始撒娇。章子男说："乖，我下午早点回来陪你！"于是迅速地往身上套 T 恤穿裤子，又冲进卫生间洗脸，反正刷牙已是来不及了。出门前，章子男冲着床上的小女人喊："幺儿，我走了！"床上的小女人连动都懒得动一下，章子男就想一定是昨晚"疯"得太过了。

　　章子男匆匆下楼拦了一辆出租车往开会的地方赶。一直以来，他和小女人的蜜巢都是保密的，所以他宁可打的，也不让司机和秘书到这里来接他。如果一旦蜜巢暴露，家里那个老女人会像老虎一样把他"吃"了。想起老女人，章子男心里就升起一丝丝的不悦，可一想起小女人那张甜如蜜的笑脸，章子男的心中就会有一种说不出的愉悦与欣慰，论年龄，小女人已可以做自己的女儿了，所以他更多的时候愿意把她当作女儿去疼去爱，所以他总是将她唤作"幺儿"。

　　出租车在公路上疾驶，章子男掏出手机打电话给秘书，秘书已直接去了会场，并说大多数人都到齐了，章子男说自己马上就到。

　　冲上五楼的时候，会议室已座无虚席，主席台前就差章子男了，看到章子男，刚刚还嘤嘤嗡嗡的会场一下静了下来，有人高声宣布："热烈欢迎章局长！"下面顿时掌声雷动。章子男的座位在主席台的正中央，坐下后他亮开了自己富有磁性的男中音。小女人说她最喜欢的就是他的声音，完全就是赵忠祥的感觉。而章子男却说："你应该到会场上听听我讲话，那你才知道你身边这个男人是多么有大将风度。"当小女人一脸认真地说哪天真的就跟他一起去出席会议的时候，他又刮着小女人的小鼻子说："真是孩子气呀。"

章子男一席讲话一讲就是两个小时，动情之处还不忘比手画脚，讲完后又是掌声雷动。趁主席台上其他人做补充讲话的时候，章子男赶紧起身去上厕所。刚关好蹲位门蹲下，秘书跟进来压低声音在门外说："章局长，你的T恤好像穿反了！"章子男低头一看，果然是反的，于是心里升起一阵莫名的愠怒，秘书在外面停顿了片刻见没有声音就悄悄退回了会场。

章子男迅速地排完便起身将T恤翻了一面重新穿上，理了理头发走进会场，台上的人还在讲，章子男满脸不悦地把秘书喊到一边小声质问："你看看清楚，我的衣服哪里反了？！"

秘书一脸尴尬，说："对不起，局长，可能是我看错了，真的对不起。"

晚上回到家，妻子开门的时候说："我今天在新闻里看到你了，好长的镜头，但你的衣服好像有点没对。"章子男心烦得要命，没好气地说："有什么没对？"便气呼呼地进屋去了。正当章子男脱掉那件该死的T恤准备洗澡的时候，手机又响起了，小女人的声音依然甜如蜜："我在晚间新闻里看到你了，可你那T恤穿反了哇，嘻嘻嘻……"

章子男一句话也没说就挂掉了电话，嘴里恨恨地骂："他妈的，该死的T恤！"

出 门

　　菁菁的美是大家公认了的。

　　那时她在县城里上高中，班上有好多城里女孩子，整天打扮得花枝招展，菁菁家在农村，菁菁没法跟她们比。可不管是老师还是男生，都一致认为校花非菁菁莫属，因为菁菁不仅有一张不经任何修饰天生丽质的脸、窈窕的身段、一条又粗又长又黑又亮的辫子，更重要的是菁菁毫不张扬小家碧玉一样的性格。

　　十九岁，菁菁毕业回到了家，村里立马就来了好多提亲的人，最为显眼的是那个镇长的儿子芝寿，他还托媒人带来了一封热情洋溢的信，说多年前就喜欢上了菁菁，只是一直在等菁菁毕业，如果菁菁愿意的话还可以通过父亲去镇上计生办上班。芝寿比菁菁高两个年级，在高中毕业后就顺利地进入了镇土管所，现在已是一个国家公务员了。媒人补充说，有许多人都想争着做镇长儿媳，可人家芝寿就喜欢菁菁。

　　菁菁妈说："可以考虑，你已十九岁了。"

　　菁菁的一位女同学来找菁菁，说自己要去广州打工，问菁菁一起去不。

　　菁菁很犹豫。

　　同学就说："学了那么多知识，总不至于就这样在农村焐一辈子嘛，到外边去看看，也免得今后后悔，人不出门身不贵嘛。"

　　菁菁就动心了。

　　菁菁在广州找到了一家玩具公司，三班倒，一个月后，菁菁拿了六百块，第一次挣钱的菁菁心里很满足。

　　第二个月，那个看起来很有钱也很风流倜傥的老板把菁菁叫到办公

那一团紫

室冲菁菁说:"我第一次知道什么叫出水芙蓉。"菁菁透过老板的眼神悟出了很多,菁菁很害怕,老板又说:"我每月给你五千。"

菁菁挺着腰背说:"不是所有的女孩都可以为钱不顾一切!"

菁菁就义无反顾地离开了那家玩具公司。

菁菁很失望,此时才体会到那句"外面的世界很精彩也很无奈"的深刻含义。

菁菁用那六百元工资买了一张回家的火车票。

菁菁在镇上下车的时候正好碰上了芝寿,芝寿看上去英俊潇洒,菁菁心里一热,脸也红了。

芝寿冲菁菁微微点了下头便匆匆走了。

菁菁回家一待又是两个月,这两个月,到家里提亲的人很少。

菁菁很挂记芝寿,也很挂记计生办那份工作,又不好向母亲开口。

母亲也很着急,就装着不经意地向那媒人打听,媒人答话说,人家芝寿已有女朋友了,那女孩就在前两天和芝寿正式确定了关系,已到计生办上班了。媒人又说,现在的男娃娃,都要找没出过门的女娃娃,外面的世界那么复杂,出过门的女娃娃……

村里村外很一般的女孩都经过媒人介绍有了男朋友,而菁菁却一直少人问津。

承　诺

　　星期天，带着八岁的儿子去菜市场点杀鸭子。

　　市场里是一溜烟的卖鸡鸭兔的店铺，儿子立即被里面活蹦乱跳的畜生吸引。看到我，所有的店主都在招呼，说："来来来，我这里的全是土鸡土鸭土兔。"身边就是一个浑身油腻的男店主，他先拉住我儿子说："哎呀，小子你长得可真精神啊，一看长大就是当官的。"又说，"你看你看，这只鸭鸭喜欢不？"儿子被里面伸着脖子嘎嘎欢叫的鸭子逗乐了，站在那里不挪步了。我对店主说："在你这里点杀可以，但你不准给我用松香粘毛。"为了留住生意，男子拍着胸口说："不存在，你说怎么做就怎么做。"顺手便抓了一只鸭子放了血，他一边将鸭子放在旁边的一个桶里，一边对我说："你去买菜嘛，不用松香粘毛花的时间要长些。"我问："大约要多少时间？"他说："至少要二三十分钟吧。"我说："你千万不要用松香哈，你看我的娃娃这么小，那个松香有毒的。"店主说："你放心吧，我都是养娃娃的人，你看你这小子多逗人爱呀。"

　　想起还要去菜市场外面的中药店去买点药研成粉，算算时间大约也就二三十分钟吧，于是就拉着儿子往外走，走了两步还是不放心又回头对店主说："千万不要用松香粘哈，如果用了松香，我就不要你这鸭子了。"店主有些不高兴地说："哎呀，你这人年纪轻轻的咋就那么不相信人呢？"看着他一脸的诚恳，我有些难为情地笑笑，心想自己可能真的是过于不相信人了。

　　在菜市场外的中药店里，我找到了那几味中药并提出要研成粉。药店里的工作人员说这个办不到，因为中药研粉后要相互串味而影响药效。我说那就算了，我还是去其他药店看看，但想想其他药店离这里有相当一段距离，于是决定还是回菜市场去等杀好的鸭子。

带着儿子往回走，老远就看见那男店主正将扒了毛的鸭子往门口的松香锅里放，我丢下儿子冲了过去喊他住手，可是那鸭子的上半部分已没进了松香锅里。看到我，店主将鸭子提了出来。

我说："你怎么说话不算话？"

店主说："这鸭子的细毛太多用手扒不干净。"

我说："你当时答应了我不用松香。"

店主说："我卖了这么久的畜生还没遇上过你这样提要求的买主。"

我说："你如果当时不答应，我可以不在你这里点杀。"

店主说："就只有前半部分粘了松香。"

我说："你几十岁了，为什么不守承诺。"

店主说："你也不小了，你还不是不守承诺。"

我说："我怎么不守承诺了？"

店主说："我怎么不守承诺了？"

我说："你当时不是信誓旦旦地说不用松香吗？"

店主说："你不是说好了要二三十分钟以后才回来吗？"

我说："我不管，我说过，粘了松香我不会要。"

店主说："杀了不要也得要。"

我们从争执发展成了吵闹，周围的人开始围过来七嘴八舌。我眼里含着泪，拉着儿子准备离开。可那店主不依，拉着我不放，我的衣服扣子也拉掉了，儿子吓得大哭。

周围的人开始劝阻，说一人让点就算了，也没有多大一件事。最后在一个老太太的调解下，店主少了五块钱，我买下了那只鸭子。

回家的路上我一直气鼓鼓的，眼泪也不听使唤，嘴里骂这个死砍老壳的咋就那么不守承诺呢。

儿子在一边怯怯地望着我，说："叔叔说得对呀，你也不守承诺，说好了要二三十分钟回去，你为什么要提前回去呢？"

我抬起手想给儿子一个巴掌，却一直打不下去。

眼泪再一次哗啦啦往下掉。

城里乡下

　　玉芳和翠梅是中学时代的同桌好友，玉芳家在农村，翠梅身居闹市。一别二十余年，玉芳去城里卖菜遇到了下班出来买菜的翠梅，老同学见面，总有说不完道不尽的话。翠梅顺口说："玉芳，你去我家坐坐啊。"玉芳余兴未尽也不推辞，穿一双烂凉鞋走进了翠梅铺着地毯的居室。

　　"哎——换鞋换鞋。"翠梅正上高中的儿子冲着玉芳大大咧咧地喊。玉芳满脸尴尬，将一双褐色的脚伸到门背后一双粉红色的拖鞋里，踮着脚穿过客厅走进了翠梅的卧室，她坐下后不敢多动，只用了那双细眼东张西望。翠梅给玉芳倒了杯茶便去厨房忙活，玉芳瞧了那墙上的玻璃人随着音乐蹦蹦地跳，便生出一脸稀奇。听说翠梅丈夫在县里某个局当局长，家里的陈设很富贵，玉芳长年累月在乡下，一下子走进这屋子迷迷糊糊像进了天堂。

　　翠梅的儿子走进厨房冲正在炒菜的翠梅说："妈，你咋领个叫花婆到家里来？"

　　"她是妈中学时的同学，家在乡下，今天妈碰到她只是顺口说了一声，她就来了。"

　　"哎呀，我说妈，乡下人可麻烦啦，谁知道她会不会把东西往她包里揣。"

　　"哦，"翠梅忽然想起，"小宝你注意点，电话机旁放着妈昨天发的奖金。"

　　小宝探头往屋里望，玉芳正张着嘴，盯着墙上那玻璃人憨笑。小宝眯着眼，哼了一声走开了。玉芳依然不敢多走动，中午吃饭的时候，翠梅的丈夫回来了，玉芳小心翼翼地坐到桌前，小心翼翼地夹菜，没有人和玉芳多说话，翠梅丈夫则大谈局里的奇闻异事，唾液不时溅到玉芳脸上，小宝将一碗丝瓜汤推到玉芳面前，碗碰着碗当当作响。

玉芳吃了一碗饭便放下了碗，没有人劝她再吃，玉芳重新坐回卧室时，真想哭。

玉芳要走了，她向翠梅全家道别，再三邀请大家去她家玩，说农村虽穷空气却新鲜。

清明时节，翠梅和丈夫、儿子去乡下上坟，归途中意外遇上了玉芳，玉芳生拉硬拽将翠梅家三口请到家中，还未等客人坐定，玉芳全家便杀鸡宰鸭忙得不亦乐乎，沏茶的杯子洗了又洗还不让自家孩子喝。玉芳搬过凳子，一边捣辣椒一边陪客人说话，说："你们城里人吃荤吃腻了，到乡下来吃点井水豆花，"还说，"乡下就这样，没什么好菜，你们千万别见笑。"翠梅连说："给你们添麻烦了，实在不好意思。"玉芳说："别见外呀，上次我来不是也给你们增添了麻烦吗?"

翠梅丈夫脸上也有些难为情。

饭桌上的菜肴丰富多彩，全家老小拼命地往客人碗里夹菜，还千遍万遍说："农村比不得你们城里，照顾不周请不要多心。"

翠梅全家走的时候，玉芳准备了好几种农村特产，全家老小浩浩荡荡将翠梅一家送了一坡又一坳，玉芳说："如果不嫌弃，可多来乡下玩。"

一路上，翠梅沉默，丈夫哑然，一向爱说爱笑的儿子也闭口不语。

父亲伯娘

那年那月的那一天，家里忽然多了一个九岁的女童，据说女童的母亲因生不出儿子尽生了几个女儿被其父亲虐待致死，女童便被父亲卖到了我家。

九岁的女童便成了我九岁父亲的嫂嫂——我的伯娘。

伯伯比伯娘年长十岁，是家里的顶梁柱。伯伯无师自通便懂得看风水葬坟下地基，所以，伯伯除了帮着爷爷种地外，其余的时间都被人请去看风水了。

年纪轻轻的伯伯在方圆几十里有着很高的威望，也因此总是很忙。

于是，九岁的伯娘便与九岁的父亲形影不离。两人常常牵着牛儿在布满青草的山坡上看春天里漫山遍野金黄的油菜花；看夏日末天边如血的残阳；看秋天田野里稻穗飘香；看冬日里山野间那份淡淡的荒凉。

伯娘和父亲在沙地里玩过家家，伯娘在沙地里做了父亲的新娘。

又是一年，十六岁的父亲看着十六岁的伯娘与二十六岁的伯伯成亲。那是一个很冷的冬天，家里吹吹打打好不热闹，父亲躲在柴屋的窗台下看见盖着红盖头的伯娘与伯伯拜了堂，年纪轻轻就有很高威望的伯伯脸上写尽了风光，左邻右舍的人纷纷向伯伯敬酒表示祝贺。

伯伯就在那个很冷的冬天的晚上烂醉如泥。

父亲和伯娘便在那个很冷的冬天的晚上做了他们不应该做的事。

第二年，伯娘生下了堂哥。

父亲二十二岁那年，母亲嫁到了家中，贤惠的母亲和伯娘相处甚好。就在这一年，不幸降临，伯伯晚上外出归家时，正遇上瓢泼大雨，山坡上一块巨大的石头滚下将伯伯的头砸得稀烂。

带着一双儿女的伯娘便成了寡妇。

伯娘没有再嫁，母亲也对伯娘尽力相帮，日子虽苦，倒也和谐。

终于有一天，母亲和父亲大闹了一场，接着母亲便赶紧收拾东西，带着两岁的姐姐和父亲搬了家。

父亲再次见到伯娘，已是四十二年后的事了。这一年，母亲因病去世，孤独的父亲对我们姐妹几个说他想回老家看看。

伯娘依旧硬朗，见面和父亲咯咯罗罗说了半天话，中午又喝了很多酒，父亲喝完酒准备起身的时候却跌倒在地上。

父亲再也没有站起来。

望着躺在床上的父亲，我们姐妹几个一筹莫展。

父亲喘着气，说："别耽误了你们的工作，还是让你伯娘来为我烧点茶热点汤。"

姐姐说："伯娘年纪大了，怕她摔跤，还是专门请个人好一点。"

父亲终于不再说话。

那个雨后的黄昏，父亲离开了人世。伯娘赶来了，只是在穿好寿衣寿裤的父亲身边坐了一会儿便拄着拐杖匆匆离去。

父亲入棺的时候，我捏到了父亲胸口上一个硬硬的东西，那是一个镯子。

一个结着千万个谜和千万个结的镯子。

借　粮

"快过年了，"母亲说，"都快没粮食了，我们吃什么，这年怎么过啊！"父亲躺在床上，眨着黄肿泡泡的眼睛不断地咳咳喀喀。两个妹妹正在院墙边玩蚂蚁，母亲又叹口气说："我只能拉下这张脸出去借了。"

母亲决定去何庄和张湾碰碰运气，何庄的何三爷是母亲上扫盲班的同学，平常里也和母亲熟识。张湾里张五婆是母亲娘家远房的亲戚，母亲说，这两家总该有一家能借着吧。但是，母亲说，借了人家的谷子起码要等到来年稻谷收割才能还上，人家总不至于白白地借你那么长的时间吧。想了半天，母亲决定拿出好不容易凑齐的十个鸡蛋去何庄，另一包冰糖去张湾，如果走第一个地方就借到粮食，那就可以省下一样东西，如果第一处借不到又给出去了东西，那就当亲戚走动。

母亲说话的时候特意放松了一下自己的情绪。

母亲将冰糖和鸡蛋放在一个布袋子里，于是母亲担着空箩筐，我背着空背篓上路了，母亲说让我去帮着背一点，她就可以少担一点了。母亲又说她这段时间腰出奇地痛。

何庄越来越近，母亲对我说："如果能在何三爷那里借到粮食就好，那样的话，就可以省下一样东西了。"我说："应该先给何三爷那一包冰糖，省下的十个鸡蛋就可以卖成钱了。"母亲眼睛一亮说："是啊，我们那鸡蛋个头大，是可以卖个好价钱的，买盐巴该吃好久哦。"我说："是啊是啊！"

何三爷对我们的到来很是热情，又是吆狗又是让座，何三爷对他女儿说："快接着王大妈手里的东西，别让王大妈累着了！"何三爷的女儿接过母亲手里的布袋子转身进屋了。何三爷就和母亲坐在院坝里从上扫盲班聊到了现在，不断感叹时间过得真快，说到一些有趣的事情时，何三爷忍不住放声大笑。

母亲看上去左右为难，但终于还是说出了来这里的目的。刚才还笑声朗朗的何三爷立即换了一副愁眉苦脸的样子，说自家的粮食也吃不到收割的时候。母亲很是尴尬，只得干笑两声起身告辞。何三爷站起身说："实在不好意思，我不是不帮，而是实在没法帮。"

母亲记挂着自己的袋子，就走进屋去拿，何三爷也跟进了屋，袋子放在桌上，那十个鸡蛋和那包冰糖已拿出来放在旁边。

母亲的脸色有些难看。

何三爷说："王大妈，你看你恁客气，你把东西拿走。"

母亲干笑着："呵呵……呵呵……拿来了还有拿走之理。"

何三爷又说："你看，都没帮上忙，还收你的东西？"

母亲说："啊……呵呵……我们……本就该走动走动嘛，老同学。"

母亲担着空箩筐，我背上空背篓走上路的时候，母亲很是沉重，她叹口气说："现在如何去张湾？"半晌，母亲又说，"要不然你回何三爷那里去，就说只有那包冰糖是给他的，鸡蛋我们是拿去卖的。"

我回头走了两步，母亲又叫住了我，说还是算了吧，那样很得罪人，吃了亏就算了。

"张湾还去吗？"

母亲摇摇头，又叹口气。

"回去吧，"母亲说，"家里还需要人呢。"

我站在原地不肯走，呜呜地哭，说："我们没有借到粮食，还有我们的冰糖我们的鸡蛋。"

母亲给了我一个耳光，转身气呼呼地径直往前走了。

夜雾渐渐浮上地面，地里的麦苗上挂满了水珠，天气出奇地冷，我痴痴呆呆地望着去张湾的那条路在夜色里越来越模糊……

今年流行 MP3

"今年流行 MP3,我想去买一个。"妻子在切肉,林峰正往锅里倒油,林峰就看着锅里冒起一层青烟。

"哎,我在跟你说话,你听见了没有?"妻子抬起头提高了嗓音。

"哦,买嘛买嘛,我去帮你选一个就是。"林峰是搞电脑的,这方面他最在行。

妻子脸上浮起快乐,随即哼起了歌曲。

"死女人!"林峰低低地骂了一名,眼睛依然盯着锅里。"你在说什么?"妻子放下了手中的刀。"哦,我没说什么,我在说锅里的油烫了。"林峰话还没说完,耳朵便被揪了起来:"你以为我没听清楚你骂的什么,谁是死女人?"林峰大喊饶命,锅中的油已沸腾,妻子才放了手。

MP3 买回来的时候,妻子高兴得手舞足蹈。妻子说,单位上好多人都有呢。于是就戴上耳塞坐在沙发上听了起来,时不时还跟着哼了起来。

林峰在厨房里忙活,准备炒菜的时候却发现没盐了,于是他就喊了一声妻子的名字,妻子没有动,林峰又提高了嗓门大声喊,妻子还是没有动,哼歌的声音却越来越大。

"你耳朵聋啦?"林峰试着骂了一句,见妻子没有任何反应,林峰又朝客厅里望,妻子正背对着自己,一副很陶醉的样子。

林峰上前一步,双手叉腰:"你这死婆娘,瞧你那熊样,黄脸婆、水桶腰,整天百事不问,你还以为你有几斤几两重?!"见没有任何动静,林峰又上前一步用手指着妻子的后脑却压低了声音:"你以为除了你老子就没人看得上了,告诉你,外边喜欢老子的人多得很。说不定哪天老子把你这臭婆娘休了,告诉你,老子也是很男人的男人,老子在单位上业绩没有人能比……"妻子忽然回过头来，取下一只耳塞："你在说什么吗?"林峰立即换了一副笑脸说："我说缸里没盐了，我要炒菜。"妻子哦了一声，赶紧起身下楼去了，出门时还在跟着 MP3 哼歌。

林峰心里一阵窃喜，看来自己终于有机会出口恶气了。

于是，只要在家，只要林峰心里烦，只要是妻子在听 MP3，林峰就会站在妻子的背后叉着腰压低声音骂得淋漓尽致。

这天，林峰去邮局给远在省外的母亲寄了一千元钱，开门的时候妻子正背对着自己摇头晃脑地哼林心如的《半生缘》。林峰关门的声音很响，妻子也没有回头。于是林峰就又叉起了腰："你以为你是大城市的人你就有好港，你以为我是外地人倒插门我就要当缩头乌龟吗? 告诉你，老子今天就给我妈寄了一千块，怕你还能咬老子两口?"

妻子忽然转过头来望着林峰："你给你妈寄了一千块?"林峰心里大叫完了，竟半天没有说出话来，原来妻子耳朵上并没有耳塞。

林峰心里一阵紧张，呆在那里等着妻子发落。

妻子从鞋柜里拿出拖鞋让林峰换上，然后拉着林峰坐到沙发上："今天我给你做了你最爱吃的黄焖兔子肉，林峰，这些日子你站在我身后说那些我都听见了，我不吱声，是因为我想听听你的真实心声，也想让你尽情地发泄一下，因为你平时太累太压抑，以前我对你可能不够温柔，今后我一定改正，快过节了，明天再去给你妈寄一千块。"

林峰的泪一下子涌了出来："好老婆，其实我心里太爱你了!"

MP3 又放了起来。林峰和妻子一人耳里放了一只耳塞，是那首周蕙的《约定》。

"你我约定，一争吵很快要喊停……我会好好爱你，傻傻爱你，不去计较公平不公平……"

诚　信

母亲七十大寿，我带着老婆儿子回到乡下，开了一天的车，我很累，虽然外面正高朋满座，可我还是靠在床上睡了过去。

老婆进屋来，抱怨说乡下条件太差，上个厕所都怕被猪咬着了，而且又脏又臭，并说以后再也不想回乡下了。

我面露不悦，但心里却认同老婆的说法，毕竟我在外面生活了这么多年，虽是在村里生村里长，可长年累月习惯了城里的各种高档场所，对于回家我依然是一百个不习惯。我对老婆说，无论如何我们要将母亲接进城里去，也免得我们来回地跑。

正和老婆说话，门突然响了一声，门缓缓推开一个缝，缝里挤进了一张满是皱纹的脸，那脸上堆满了不太自然的笑，我从床上坐起，门外的人已站了进来，手足无措的她脸上依然堆着不自然的笑。

"虎子，还认得我不？"

我脸上也堆了些不自然的笑，眼睛顺着她苍老的脸望到了她花白的头发。我正努力在记忆中搜寻这张似曾相识的脸。

"我是桂芬二妈！"那张脸上的笑忽然灿烂开来。

"哦——是你！"我赶紧从床上下来。

桂芬二妈是母亲的远房亲戚，小时候我去过她家，那时她大约十七八岁，脸很清秀，后来和我们家也就不怎么来往了，再后来，她几乎就在我记忆中消失了。

门外又挤进来一张脸，那是一张有些猥琐的年轻人的脸。

"来，喊虎子大哥。"二妈拉进门外的年轻人。

年轻人怯生生地喊了一声。二妈说，这是她的小儿子，叫春城，小时候爬树摔折了右手，没有及时治疗就落下了终身残疾。

这时我才发现春城的右手果真就一直垂着。

二妈又说，知道虎子在外面当大官，是不是看哪个地方有守工棚的能给春城找一个事做，糊了口挣点钱也好讨个老婆，在乡下就只有一辈子受穷。

我想起自己手下管了那么多搞建筑的老板，不要说一个守工棚的活，哪怕就是有合适的人去当个什么副经理之类的也不会有好大难度。

我对二妈说，没问题，这个忙我帮了。

二妈赶紧和春城一起鞠躬，并说就知道虎子是肯帮忙的，这一大恩大德将永记在心。

我和老婆说服了母亲和我们一起进城，说起二妈，母亲撇撇嘴说，这么多年不来往突然来往还不是有目的。我对母亲说，这也不是一件多难的事，能帮我们就帮一把吧。

回到城里，我又开始忙着应酬忙工作。

两年后，母亲忽然提出要我送她回去，说还是觉得乡下好，万一有个三长两短，也好在村里找块风水好的地埋了。

开车送母亲回到村里，我再一次感觉跑长途的劳累，倒上床一觉就睡到了大天亮。正准备起床，母亲忽然进来说，桂芬二妈来了！

我这一下才猛然想起了春城的事，心里一下就悔得不行，两年了，自己怎么就那么没记性啊？

二妈提了一大包土特产，进门就说："虎子，你费了很多心。"我说："二妈，我还没办到啊！"我不好意思说我忘记了这件事。

二妈说："虽然没办到，可你一样费了心呀。"

我说："春城现在咋样了，出去打工了吧？"

二妈说："没有，一直不敢离开，主要是怕前脚走后脚你就打电话来，所以一直就等着。"

我心里简直痛苦极了。

我说："其实你该给我写封信或是打个电话问一下。"

"天啊，你是那么大的官，那么忙，一给你写信打电话就会误了你的大事情呐。"二妈又说，"你说了的话就会算话，我们一定相信的。"

这一次我的牙齿都呻吟掉了。

花凋

叶叶高中毕业未能考上大学便在家务农了。

叶叶文静、漂亮，还有一头如瀑布般又黑又亮的秀发。叶叶跟着父母在田间劳作，风吹日晒后却愈显水灵。村里人说，这么好的姑娘，却投错了胎。

叶叶劳作之余还写诗，于是便有了些小方块见诸报端。叶叶常到屋背后的山坡上去望落日的余晖，望西方的天空残阳如血，望成群的蜻蜓在清风飘拂的夜幕下翻飞。田这边是葱葱郁郁的树林，田那边是郁郁葱葱的玉米地，那些空灵的文字便孕育于这青山绿水旁，蓝天白云间。

叶叶的姨妈从城里来了，说是要接叶叶去住两天，叶叶就跟姨妈来到了城里。叶叶见到了车水马龙的大街，还有鳞次栉比的高楼大厦。叶叶就想，城里是比乡下好。

姨妈领来一个阔气的青年男子看叶叶，叶叶就低了头。男子走后，姨妈说："人家有好几十万呢，有你的好日子过。"

叶叶在姨妈家住了两天，就想回家。叶叶不喜欢姨妈家整天门窗紧闭藏风闭气的，尽管姨妈家条件比叶叶家好得多。

叶叶回到家中，就像被关的小鸟又重新飞回了蓝天。

姨妈写信说人家对叶叶挺满意的，就看叶叶的了。

母亲对叶叶说："城里条件好，不再挨日晒雨淋，别的女孩子想还想不到这等好事。"

叶叶反复想想也是，便去了城里。

叶叶就成了那男子的女人，那男子在一家公司做经理，家里应有尽有，叶叶也感到很满足。

但叶叶却常感呼吸不顺畅，她把窗户全打开，外面的车声人声响成一片，叶叶又赶紧关上。渐渐地，叶叶感到闷得发慌。

男人说："你闷了可以到公园走走。"叶叶就去了公园，在公园里，叶叶想起家乡野草丛生的山坡，想起野花遍地的土岗，叶叶就有了一种深深的失落。

日子一天一天过去，叶叶明显地消瘦了，细心的男人问叶叶是不是身体不舒服，叶叶说没有，不过只是想回乡下去看看。

叶叶回去了，村里人围着叶叶叽叽喳喳，同龄女孩更是羡慕不已。叶叶又跑到屋背后去看那熟悉的一切，然后大口大口地呼吸新鲜空气。

叶叶说还是乡下好，叶叶便有了写诗的灵感，她对母亲说，再也不想回大城市生活了。

母亲说："你咋那么傻？人家想还想不来你那份好日子，你不回去，人家还以为是你男人不要你呢。"

叶叶反反复复想想也是。

叶叶又回到了城里。

叶叶满脑子都是青山绿水，可她满眼都是汽车、水泥和高楼。

叶叶从此再也写不出诗来。

江家男人和江家女人

江家女人对江家男人说，村里村外的男人都出去挣大钱了，你也出去挣点钱回来改整一下这几间破屋嘛。

江家男人正躺在屋檐下的草垛子上，懒懒的阳光照得人心慌慌的。江家男人吐掉嘴里嚼着的一根稻草说："人家邻村还有女人出去挣钱呢！"

江家女人说："挣钱是男人的事嘛。"

江家男人翻了一个白眼："都男女平等多少年了，你还说这话，听说女人在外头好挣钱些。"

江家女人愣了半晌，然后点了点头。

江家女人就上路了，江家男人帮女人扛着行李，在川流不息的火车站，江家女人穿了一件极土的花布衣裳。江家男人对江家女人说："你安心去吧，家里有我呢。"

江家女人就点头落泪。

江家男人走回村子的时候，太阳已经落山了。

江家男人便山上坡下田间地里忙活，孤独寂寞的长夜里，江家男人就想昔日里女人温热的胴体。

江家女人寄钱回来了，两千元整。江家男人攥着汇单的手有些发抖，江家男人就想外边的钱竟这么好挣。

江家男人用这笔钱买了好多吃的穿的用的，江家男人觉得自己的女人很有本事。

江家女人又寄钱回来了，这次比上次多了十倍，江家男人兴奋得一夜未合眼。

江家男人用这笔钱将破旧的屋子翻修成了砖瓦房，村里村外的人便啧啧称赞，说江家男人真有福气。江家男人就很是得意。

江家女人不断地往家里寄钱，还寄回大彩照：大耳环、鲜嘴唇、青眼睛，直看得江家男人眼花缭乱。

有人对江家男人说："你那女人到底在外边做啥工作？"

江家男人脸耳发热，他明白问话人的意思。他也知道别人背地里怎么议论，江家男人心里想：外出挣钱的又不止我家女人一个，总之我家的日子比你家的穷日子好过些，不管怎样，我的女人最终还是我的女人。

于是江家男人就心安理得。

江家男人不断收到女人的汇款，江家男人干脆把庄稼地租给了别人种，自己则嘴里含着香烟村里村外四处游荡。

江家女人回来了，涂脂抹粉珠光宝气，直看得江家男人目瞪口呆心花怒放。

江家男人上去搂住女人想亲热，江家女人恶狠狠地推开他："你也配这样？"

江家男人说："我是你男人嘛。"

"你也配做男人？外边那些腰缠万贯的才叫男人。"江家女人挖苦道。

江家女人又说："我是回来和你离婚的，我给了你那么多钱，不欠你了。"江家女人又掏出一沓钱。

江家男人瞪着眼半天不说话，江家男人知道自己的女人最终已不再是自己的女人了。

江家男人望着那几间青砖瓦房吼："杂种，你这狗杂种！"

金钢钻

金钢钻被宣布下岗那天，他一下觉得整个天空都黑了，一家老小可就指望着他那几百元工资。他呆呆地走出厂门，在街边一棵香樟树下坐了下来，金钢钻想，全家老小的吃饭问题如何解决是当前考虑的一个大事情。

刘厂长的身影从厂里闪出来的时候，金钢钻忽然跳了起来，他想冲过去迎面给那家伙一拳。也就是这个姓刘的厂长掌握并决定了他的命运。多年以来，刘厂长在厂里的地位是至高的，人人看见刘厂长都得点头哈腰，而刘厂长的下巴从来都是向上抬着的。刘厂长搬新居的时候，金钢钻和另外几个工人被指名去帮忙，那天搬东西金钢钻特别卖力，因为能让刘厂长亲自点名也是一种荣耀。

当刘厂长在召集全体职工开大会之前，金钢钻就不停地琢磨着下岗人员的名单上究竟有没有自己。在会议室外碰上了刘厂长，他更加毕恭毕敬地喊了一声"刘厂长"，如果名单上真有自己的名字，他多希望刘厂长能看在他毕恭毕敬且帮他卖力搬过家的分上，将名单上自己的名字换成另外的人。可是没有！当"金钢钻"几个字从刘厂长那两片肥硕的嘴唇里蹦出来的时候，金钢钻有些面如死灰。

金钢钻看见刘厂长钻进了一辆黑色的轿车里，于是握紧拳头朝已冒烟离去的轿车猛挥了一拳，嘴里恨恨地骂。

金钢钻好不容易通过自己表姐的儿子的舅子找了一份交通协管员的工作，任务就是在一条斑马线上指挥交通。由于这个地方人多车多又没有红绿灯，行人和车辆乱窜容易造成事故，所以就需要人来控制。于是，金钢钻穿上黄马甲、戴上黄帽子、拿上黄旗子、挂上黄哨子站在了路边。

行人要穿斑马线的时候，他就要提前拦住两边行驶的车辆，让行人过去，而该车辆通行的时候，他又站在路边将行人拦住，这中间不管是拦行人或是拦车辆时间的长短都是由他金钢钻来控制。渐渐地，只要有人想违规，他也敢拉着脸粗着嗓子训别人一番，当然这里面有涂脂抹粉的时髦女郎，也有将头发梳得油光可鉴的帅小伙，更有坐在奔驰宝马里的达官贵人们，金钢钻在心里说，我才不管你坐奔驰还是宝马呢，让你停你就得停！

每当金钢钻往路边一站的时候，他就有一种说不出的自豪与愉悦，他想，哪怕是你姓刘的厂长到这里来喊别人停，别人还不一定会听你的呢！因此，当铺天盖地的自行车、汽车、人群在金钢钻的指挥下井然有序的时候，金钢钻真的就有一种比刘厂长在职工大会上讲话时更气派的感觉，有时他甚至有些恍然若在古战场上指挥千军万马，这是一种做将军做将领的感觉，是他以前从没有过的感觉。

真好！他想。这比在那个刘厂长面前点头哈腰要强十倍甚至百倍。想起刘厂长，他心里就很是不舒服。正在不舒服的时候，面前停着的一辆黑色轿车里就探出了刘厂长那颗肥硕的头："金钢钻！"

金钢钻好几秒才回过神来，当他脸上在极短的时间里堆上毕恭毕敬的笑时，那笑又迅速地僵硬。"金钢钻，你来这里工作了？我每天都从这里过，就没注意到是你。"金钢钻一脸的漠然："是啊，哪里都能混口饭吃啊！"

金钢钻昂着头挥着旗示意过街的行人快速通过，他就站在刘厂长的车前，心里说，你就得听我的！他又看见了刘厂长那任何时候都昂得高高的下巴，于是也将下巴昂得高高的。他心想，你刘厂长就在我跟前，你是坐着的，我是站着的，怎么说我也比你高！老半天，过街的行人已没有了，金钢钻才冲着刘厂长的黑色轿车一挥旗，那轿车便顺从地一溜烟走了。

金钢钻就想，你敢不顺从?！

金钢钻记下了刘厂长的车牌号，他几乎每天早上都在这里等着刘厂长的到来，只要是刘厂长的车来了，他就挥旗让他停下，然后又挥旗让他离去。这整个过程，他都会将下巴昂得高高的，挥旗的姿势也显得苍劲有力。

大家都说，金钢钻越来越年轻，越来越有活力了。

好长一段时间，金钢钻都没有见到刘厂长的黑色轿车了，一个过街的和金钢钻一起下岗的工友告诉他，刘厂长因经济问题躲到国外去了。

金钢钻一拧眉，猛一挥手中的旗子说："他龟儿子总有一天还得回来！"

篱笆墙

三婆娘家姓刘，婆家姓王，嫁到王家后人唤刘王氏。三公死得早，三婆守寡了二十多年，是远近皆知的最守妇道的人。对儿女要求也严，要他们规规矩矩做人，常说："娃儿们要争气点，也不枉你娘为你们守一辈子寡。"

三婆平常就背个背篓四处拾柴禾。这天，她走得好远好远，在一片围着竹篱笆墙的橘子林外，三婆拾得了满满一篓柴。

"刘姑娘，你是刘姑娘吗？"

三婆一惊，几十年前曾听过的称呼又在耳边响起，她仿佛又回到了少女时代，那时村人和家人就这么叫她。多么亲切，她甚至怀疑是否是在叫自己，但篱笆墙内那个佝偻着腰身掉了满口牙的老头确实正笑呵呵地望着自己。

"刘姑娘，不认得我了吗？我是你屋男人的大老表嘛。"

三婆突然忆起，她和三公拜堂时，还是大老表点燃的鞭炮呢，闹房时他口口声声喊刘姑娘。

三婆满是皱纹的脸忽地红了，她望着挂满枝头的橘子："大老表，你还多康健啰！"

"哎，人老了没事做，就出来帮儿女们守守这柑橘。你那当家的也死了好些年了吧……"

"二十几年了……"

"你也过得不容易呀！"

三婆沉默不语，这么多年来，她一个妇道人家为拉扯儿女，多少辛劳奔波多少辛酸坎坷，却没有一个人说过一句同情的话。三婆心里忽地一沉，眼泪盈满了浑浊的老眼。

"进来坐会儿吧。"大老表站在篱笆墙里喊。

"呵，不啦不啦！"三婆慌忙背起一背柴禾走了。

"刘姑娘，你慢走……"大老表在身后喊。

这一夜，三婆失眠了。那一声声"刘姑娘"喊得她好欢喜。她知道自己老了，孙子都比自己高出了一头，但她好喜欢再听听那声声叫唤。

第二天，三婆又去那里拾柴，隔着竹篱笆墙，三婆对大老表说："你的橘子开始红了。"

大老表说是开始红了，他又邀三婆进去坐，三婆慌忙背起半背篓柴禾走了。大老表又在后边喊："刘姑娘你慢走哇！"第三天三婆又去了，依然隔了竹篱笆墙对大老表说："你的橘子该卖好多钱哦！"

大老表就咧开一望无牙的嘴笑，然后再请三婆里面坐，三婆又慌里慌张起来，背着还是空的背篓走了。

"刘姑娘你慢走哦！"三婆知道大老表依然要喊。

以后的日子里，三婆天天去拾柴禾，几乎天天都愿意走得那么远，天天站在竹篱笆墙外和大老表说上几句话。

"你的橘子红了。"三婆说。

"红了下完枝就不再守了。"大老表说。

三婆有几分惘然，但却不知为哪般。

"吃几个橘子吧。"大老表伸手去摘，三婆从怅惘中回过神，慌忙背起空背篓走了，这次大老表却没有喊她慢走。

三婆整整一夜没睡好觉，第二天她没有再去拾柴。

她已好多天没有去那片柑桔林了。这天她终于忍不住，又背了背篓去那片橘林，林子里空空的，橘子已摘完。

风飒飒地吹，三婆想哭。

三婆望着那堵整齐严实的篱笆墙，心里蓦地升起一阵怒火，她发疯似的将那一根根竹片拔起背回家，放在灶内，望着那燃旺的火渐渐变成瓦色的灰团。

你不能进来

男人和女人在同一座城市里打工，男人是一个建筑工地上的民工，女人在一个相对有钱人的家里做保姆，女人非常珍惜这份来之不易的工作，因为她知道村里出来的好多女人都还没有找到事情做，更何况在这有钱人的家里，她享受到了天然气、洗衣机、电冰箱、热水器等前所未有的东西。所以，她没有把自己男人就在本城里打工的事告诉这家主人，因为她非常明白城里人的许多担心，只是偶尔趁主人不在的时候给男人打个电话。

男人整天混在钢筋水泥砖块里，工余空闲时，工友们总爱说些昏天黑地关于女人的话题，男人就听得眼冒金星，血往脑门上涌。

一天，男人拨通了女人的电话。

"你一个人在家吗？"

"嗯。"

"我想过来看你。"

"不行！"

"我想过来看看你。"男人提高了声音。

"那怎么行？人家打了招呼不能带人到家里来。"女人说。

"家里不是没有人吗？"

"没人也不行！"女人匆匆地挂上了电话。

第二天，男人又拨通了女人的电话。

"你是住七楼吗？"

"嗯。"

"我来看你一眼。"

"不行，家里有人。"

"我知道家里不会有人的。我就在你楼下。"

"那也不行。"女人的语气十分坚决。

"家里孩子病了！"

女人迟疑了一下，还是挂断了电话。

门铃响了，女人看着门外的男人一脸讨好样，女人说："你不能进来！"

男人已经挤进了门，嬉皮笑脸地望着女人。

"你赶快出去！"女人说。

"我想你嘛。"

"人家主人就要回来了。"

"我知道他们白天上班是不会回来。"

"你再不走我要喊人了。"女人急了。

"你喊个球，老子是你的男人！"男人大吼一声上前一步拽住女人往沙发上拖，老子的女人老子还不敢弄！

男人用嘴堵住女人的嘴，伸手解女人的裤子，女人拼命地挣扎说怕有人回来。

男人说："我不管，你是我的婆娘。"

这时防盗门被打开了，男主人一脸惊愕地站在门口，男人和女人惨白着一张脸，空气也似乎凝固了。猛然间，男主人似乎明白了什么，像一头被激怒的雄狮大喊抓流氓抓小偷！

女人也跟着喊抓流氓小偷。

于是便是众邻里一阵拳打脚踢，接着就有110的警察来将男人带走了。男人一直张着嘴想说点什么，可他只觉得一阵晕头转向。

男主人说："我本来说回来拿点东西，幸亏及时，那流氓没伤着你吧。"男主人又对女人说，"现在小偷流氓多的是，你可不能随便开门。"

女人讪讪地应着，脑袋嗡嗡作响，这一切来得太突然，连她自己也没清出个子丑寅卯。

男主人临出门时还心有余悸地千叮万嘱说以后要引以为戒，千万不能给不认识的人开门。

女人呆呆地立在窗前，茫茫然地不知该说些什么，也不知该做些什么。

这一夜，女人失眠了，好想去派出所说点什么，可她知道会越说越复杂，越说越说不清。更何况，这等事情如果让家乡人知道了，那不知要被人耻笑到何种地步。她又想起了还不知在做着什么和被做着什么的丈夫，眼泪一下就出来了。"死鬼呀！"女人深深地叹了一口气。

女人就看着城市的天空里有一枚发黄的月牙像要滴出水来。

那一团紫

朱月娥终于来到了这座大城市。

朱月娥住的地方不在这座大城市的中心，顶多算城市的边缘。二娃说，要真正进入这座城市的心脏，还得坐上至少一个小时的车。但朱月娥很是满足，从小到大，她都没有真正离开过她所待的那个小山村。朱月娥上完高二，相貌出众的她被村里的二娃相中，二娃就跟朱月娥说："你如果看得上我，我就带你出去打工。"

二娃在大都市里打工都已有好多年了。二娃剪着明星男人最流行的发式，穿着明星男人在舞台上穿的最炫的服装，直看得朱月娥心跳加快。

朱月娥就义无反顾地瞒着家里人和二娃来到了这座大城市。朱月娥这才了解到，二娃在离这里不远的一个娱乐场所里当服务生。二娃说，慢慢给朱月娥找工作，在没找到工作以前，就让朱月娥在家里好好待着。朱月娥能感觉到，二娃很喜欢她。

二娃租住的房子是当地农民自建的房子，一幢楼里住了若干在这周围打工的人，楼道里虽然很脏很乱，但朱月娥依然感觉得很新鲜。她找来扫帚，将门前楼道间都扫了一遍。二娃走的时候说，如果无聊了，就到楼顶上去看看，站在楼顶上可以看好远呢。

朱月娥就从自己所居住的五楼走上了六楼，再通过六楼的通道走出一道小门。外面就是宽阔的屋顶，上面横七竖八地晾晒着各种式样各种花色的衣服裤子裙子胸罩内裤，朱月娥看了看，大多是用塑料打包带拉成的晾衣绳。朱月娥的眼睛忽地落在了一条漂亮的紫色纱裙和一个紫色的胸罩上，那简直就是梦幻一般的颜色。不知为什么，朱月娥对紫色情有独钟，她曾经就想，将来有属于自己的家了，一定要将屋里屋外都布置成紫紫的色彩。

朱月娥站在屋顶上有一种身在高处的感觉，这种感觉很真实，真实得如同人饿极的时候吃了一个味美的包子。远处是春天里刚盛开的油菜花，就那么一大片一大片的金黄色，再远处就是高楼大厦了，那些大厦远远近近若隐若现。朱月娥想那若隐若现的尽头大约就是大城市了。想起大城市，朱月娥忽然兴奋起来。老家总是那样穷，父母能让她上高中已倾其所有。想起父母，她的心里有了隐隐的痛。但想到不远处的大城市，想想在大城市里可以挣到很多的大钱给父母惊喜，朱月娥心里就笑了起来。

春天的风裹挟着各种花香从远处吹来拂过朱月娥的脸颊，朱月娥就昂头看蓝天和白云。就在朱月娥有些陶醉的时候，身后传来了一声不轻不重的响动，朱月娥回过头，发现那根晾着紫色纱裙紫色文胸的绳子在风中断掉了，那一团紫色如一只巨大的紫蝴蝶在空中晃了晃就掉到了地上。朱月娥忽然有些心疼那一团紫，她真怕那一团紫被弄脏了。于是跑过去将那根绳子从地上拉了起来，再将掉到地上的紫纱裙和紫色文胸挂到了绳子上。她认真看了看，是拴在铁桩上的塑料绳子脱落了。于是就使劲绷紧绳子往铁桩上套，可是由于衣服在绳子上有坠性怎么套也套不上去，于是她就准备将绳子上的衣服拿下来再往上套。就在她正在将绳子上的纱裙和胸罩取下来的时候，一个声音尖叫了起来。

"放下，放下，这是我的裙子！"

朱月娥吓了一跳，回过头，一个打扮时髦的女子正站在那个小门口，她的头上也别了一个精致的紫色蝴蝶夹子。

朱月娥说："风吹掉了，我帮你捡起来。"

紫色蝴蝶夹冷笑了一声说："你帮我捡？你就那么好心？你不要找借口，你就是在偷我的东西。我们这里常丢衣服裙子，没想到竟是你！"

朱月娥说："真的是刚才风吹下来了，我真的是怕弄脏了才帮你捡起来的。"

紫色蝴蝶夹冲了上来，"啪啪"给了朱月娥两个耳光，说："要么就是你弄掉的，要么就是你偷我东西，不然你会那么好心帮我捡起来？"

朱月娥有些生气了，说："你怎么那么不讲理，我真的是看到风吹落了才帮你捡起来的。"

此时通道的小门里又跳出了一个高大的男子，他冲着紫色蝴蝶夹说："发生了什么？"

紫色蝴蝶夹指着手里还抱着紫纱裙紫文胸的朱月娥尖声尖气地说："就是她偷我的裙子！"

朱月娥的脸由红变紫，她说："你们怎么狗咬吕洞宾不识好人心？"

高大的男人说："你说谁是狗？"

朱月娥说："我说你们是狗！"

此时的朱月娥看到了那个高大男子脸上文着一只老虎，那老虎正张牙舞爪地扑了过来。朱月娥很明显地感觉到小腹上被利器刺中，然后她就那么飘飘悠悠地倒在了地上，那一刻，她很清楚地看到了头顶的蓝天和白云，还有枕在头下那一团紫……

紫色蝴蝶夹和高大男子被警方带走的时候，有人猜测说这顶多判个十年八年的，人家杀的是小偷，不是无缘无故地杀人……

二娃回来大哭，说："朱月娥啊，我一直想你有文化有知识，人也长得漂亮，以为你会知书达理，没想到你竟是这样的人，你让我回去怎么给你父母交代呀……"

# 桥

那桥就建在三丈多高的山谷间，桥是用几根铁链和几块木板搭成的，踩上去摇摇晃晃惊心动魄，山妹子就是踩着那桥嫁过去的。山妹子出嫁那天，他也随着送亲队伍去了，在唢呐声中挑着脚盆和洗脸架摇摇晃晃踩着那桥过去的。山妹子哭了三天三夜，直到过了桥进了那家茅屋也还在哭，他的心也就随山妹子的哭声一齐流泪，继而冰凉如水。

山妹子本该是他的，可山妹子爹妈嫌他穷，又太老实，硬是逼山妹子嫁到桥那边，因为茅屋里那家伙给了山妹子爹妈许多彩礼，山妹子既漂亮又温柔，长长的黑发水灵灵的眼睛，他曾在屋背后的竹林里大胆地抱过山妹子而且还亲了她的脸。

他始终想着山妹子。

后来他娶了妻，妻不漂亮不温柔且极凶，常常扯破嗓门骂得他晕头转向，他就默默地叹气，默默地想山妹子。妻知道他和山妹子那一段旧情，便常常奚落他。

"去找你那乖乖的山妹子嘛……"

"敢去老子推你下桥摔死你！"

村里传回消息说，山妹子的老婆婆极严，常常罚山妹子跪，还用家罚将山妹子全身打得青红紫绿……

他心里在呻吟，那么娇嫩的山妹子经得起几回哟！

儿子会喊爹了，他常抱着儿子坐在院子里痴痴地望着那棵槐树冒芽长叶开花，槐树是那时候山妹子和他一起种下的，槐树还在，山妹子却走了。

村里又传回消息说，山妹子的男人死了，老婆婆不让她改嫁。他便

想大吼大叫飞奔到山妹子那里去，他又想起那令人胆战心惊摇摇晃晃的桥。

他就对着槐树闭上眼睛暗自抽泣。

妻子就指着他的鼻子大骂一通。

儿子长大娶了媳妇，他没有特别高兴。这一年妻病死，他没有掉泪，他就呆呆地望着那槐树，苦度春秋，槐树已周身长满皱纹。

"儿啊，你还没见过你那山妹子姑姑呢，听说她男人和老婆婆都死了，现在就只剩下她一个孤老婆子了，多可怜啊！"

"爹，你都那么大一把年纪了还管那么宽干啥，这年月只要自己有吃有穿就行了。"

他又沉默无语了，他根本不知道水灵灵的山妹子现在会是个啥样子，想着想着，他心里就难受，泪水淌过老脸。

儿子又给他添了孙子，依然没能让他惊喜。儿子外出做生意赚了大钱，给他买回一个叽里呱啦的机子，儿子说，这机子里可以唱川戏，好有趣呢。

他整天缩在屋里不出门，儿子又给他买回一件皮大衣，儿子说那大衣值几千块哩，穿上很能防寒。

这年春天，儿子非要带上全家外出旅游，他死活不去，说："这个家到底还能值几个钱，被偷了咋办？"

儿子拗不过他，只得带了妻儿出发。

他就望着那棵老槐树笑了。

次日，他早早地上路了，他内心涌起了兴奋、激动和不安，在山路上，他双腿飞快地奔走着，速度并不亚于当年送亲的队伍，太阳出来他已汗流浃背，可心里却万分轻松。

一程又一程，一山又一山，离那桥近了，离那茅屋近了，他的心开始狂跳，一步步踏上那座桥，桥依然是那木板桥，那年他踏上这桥，心便随之坠落，随那声声唢呐破碎。而今踏上这桥，心中有喜有忧有酸有甜有苦也有辣。多少年来，这桥系着他的情揪着他的心牵着他的梦，而也就是这样改变了原来的他。

他急急地移步到桥中间望向那茅屋，那茅屋里就在此时闪出了一老

妇人的影子，就那么在他眼前闪着。他忽然百感交集，两眼发花喉咙发
哽，热血从脚底往脑门上涌，就在急急抬脚那一刹那，他身子一歪，从
三丈多高的桥上掉了下去……

当人们发现他的时候，他早已断了气，身边是那件价值几千块的皮
大衣和那个会叽里呱啦发出声音的机子。

热盆景

  王吉海始终想不明白那个火锅店为什么要叫做"热盆景"，根据他的理解，叫个什么老灶火锅或是美味火锅应该是顺理成章的事。为了这个问题，他甚至在工余时专门和罗二娃一起讨论过"热盆景"几个字与火锅有什么关系。王吉海始终认为，罗二娃是这个工地上唯一能够和自己讨论问题的人，因为罗二娃虽然没考上大学，但人家毕竟是进过高中学堂的人。在这个来自四面八方人群的工地上，罗二娃是不能和其他那些只会说些粗话脏话或只会开些非常离谱的关于女人的玩笑的人相比的。

  "我那时干大队会计的时候……"王吉海常常向罗二娃说起这话。每当说起这句话的时候，王吉海脸上总会有无限的光彩在闪动，因为反过来他也觉得，只有他才配和罗二娃讨论些有"品位"的话题。那时在干大队会计的时候，他是村里唯一有较多知识的人，所以他很受人敬重。邻里之间有了纠纷或是谁家出了家庭问题，村里人首先想到的就是他，他也时时刻刻注意自己的言行，从不说粗话脏话，他认为那样会影响自己的形象，也很不雅。

  "我认为应该取个'好又来火锅'。"罗二娃说话的时候眼睛就望着那个叫热盆景的火锅店，他们这座还没有完工的楼壳子就正对着那里。那店在开餐的时候门口总会立着两个身材极好长相极佳的年轻女子，她们会为进出的食客们拉门、鞠躬，脸上堆着迷人的笑，那些坐着车来的食客们也永远显得那么高贵，面对如花似玉的小姐的笑脸，他们大多是昂首挺胸而进，昂首阔步而出。王吉海老是觉得城市里似乎永远没有黑夜，没有黑夜的城里人总会有不尽的享受花样，什么夜总会、桑拿、酒店、迪吧、酒吧等等。王吉海也很庆幸自己来到了这座大城市里，让他长了见识，而回到那个小山村里面对没有到过这个都市的人，他也有了"说"的本钱。

"管钱那女人说热盆景火锅很贵，一顿至少是千儿八百的。"王吉海用手抚摸着新楼阳台上不太光滑的栏杆，眼望着那隔着一扇巨大玻璃的锅里升起的腾腾热气。然后，他很响地咽了一口唾液，并很明显地听见了肚子在咕咕作响，他觉得自己的肚子太需要油水了，晚饭虽然才吃了还不到两个小时，但面对没有油星的白菜、青菜，所有的民工好像从来不嫌多，只是不断地感觉饿得快。那个在工地上负责管钱的黄头发女人整天喊节约开支，因为她从来不在工地上吃饭，所以她不会晓得那饭那菜的味道。

"等年底拿了工钱我们也去干顿火锅！"不知什么时候，另一位工友也凑到了阳台上，眼睛依然望着那隔着巨大玻璃里的腾腾热气，然后依然很响地咽着唾液。

于是，工地上便有了一个振奋人心的说法，就是等年底拿了工钱去一家叫"划得来"的火锅店打平伙吃火锅自助餐，听说那里二十五元一客随便吃。那个管钱的黄头发女人说了，只有年底才算清账，半途走的一律不给工钱。

于是，王吉海和大家一起站在楼壳子的阳台上望那玻璃里面的腾腾热气的时候，心里便多了一种盼望。

快到春节的时候，工地上像翻了天，该幢大楼的工头和那个黄头发女人一起消失了，民工们辛苦一年的工资就打了水漂。后来，电视台的来了，报社的来了，电视上说了这事，报纸上也写了这事，工头却没有再出现。

没有了回家的路费，他们动不了身，他们只有等。

王吉海依然站在楼壳子的阳台上朝着那巨大玻璃里的腾腾热气狠狠地骂了一句："我操你妈的哟！"

日 子

秋风渐渐地凉了，爷爷早早地穿上了那件线子衣裳。那衣裳是奶奶还在世的时候用棉花纺成线为爷爷织的。

爷爷坐在院子里，眯缝着眼睛望望天说："太阳会一天比一天金贵了。"

爷爷有病，据说是当年被拉壮丁在战场上受伤流血过多造成的，性命保下了却落得终生吭吭咯咯长年累月缩着个脑袋，奶奶在世的时候很是体贴爷爷，可奶奶死得早。

秋凉一阵紧似一阵，爷爷只好缩在屋里，偶尔也走到大门口探望一下天色。妈见了就吼："你贼呵呵地望啥子？"

"我看今天该会有太阳吧！"爷爷吸吸鼻子转过身缩回小屋。

爷爷屋里长年难得开窗，总是黑洞洞一片，屋里飘出一股臭气，妈便指手画脚朝屋里吼："你倒是爱干净点嘛，屙屎屙尿到茅坑里去屙。"

爷爷在屋里窸窸窣窣半晌不出声，继而又吭吭咯咯一阵狂咳。

立冬后，人们都添了衣裳，爷爷也穿上了那件破夹袄。那夹袄已好几十年了，到处都露出了褐黄的棉花。

屋里也显得冷，爷爷从早晨起来就到大门口望："今天该会出红火大太阳哦！"之后爷爷就颤巍巍地走进那黑洞洞的小屋，将头缩得更紧。他整个身子显得又矮又瘦又小，据说爷爷年轻时很高大。

爷爷已没有衣裳可添了，妈说过，都快要死的人了，织件新衣裳划不来，况且他短颈缩喉的也穿不抻抖。

天更冷了，爷爷咳嗽得更厉害，他便趁妈不在的时候到大门口张望。

"今天该出红火大太阳哦……"爷爷说完望望天转过身，他的眼里竟有泪。

好长时间没有太阳。

这日下起了雪，天地间一片白茫茫，爷爷不再到大门口张望，他只一个劲地在屋里祷告："老天爷呀，今天下雪，明天出红火大太阳。"

雪一下就是几天。

这天夜里，爷爷屋里出奇地静，那吭吭咯咯声一次也没响起过。

天亮时，雪停了，太阳将一树树积雪照得簌簌下落。

爷爷已经死了，妈扯破嗓子干号一阵，用门板将爷爷放在屋门口，爷爷躺在门板上直挺挺的，比平时长得多。

太阳光斜洒在房门口，一团光辉落到爷爷身上。

伤　逝

卢家女人将那片麦子割完捆好的时候，大半圆的月亮已爬上天空。卢家女人将汗水浸透的毛巾往脸上抹了一把，凉丝丝的风从旷野吹来，轻轻摇动着地边水田里刚栽插的秧苗，卢家女人这才想起家中的孩子大概已蜷在屋檐下的草垛子里睡着了，还有躺在床上呻吟不止的男人也可能肚子饿了。

卢家女人就轻轻地叹了一口气。

卢家女人命苦，三岁没爹四岁没娘，卢家女人以为嫁了人就会找到幸福。刚和男人结婚那阵子日子还蛮滋润，儿子的降生更让这个家锦上添花。可卢家女人万万没有想到的是，那天赶去城里医院，男人的双腿已永远地失去了，男人是在城里房建工地上被轰然倒塌的砖墙夺去双腿的。卢家女人一阵昏天黑地的呼喊，可终究换不回男人健全的双腿。

卢家女人累，卢家女人有说不出的苦。

卢家女人躬下身准备将那一担偌大的麦捆扛上肩，可麦捆太沉，蓦地，卢家女人觉得猛地一轻，极快地便扛上了肩并站了起来，卢家女人这才发现身后有一双男人的脚，卢家女人不好意思地笑笑说："麻烦你了。"

卢家女人认得那人是邻村的生产队长阿福，阿福的地和卢家女人的地边界相连。

"这么晚了，家中的人还等着你回去做饭呢！"阿福说。

卢家女人心里一热，赶紧说了些感激的话担着麦捆往家里小跑。

第二天，卢家女人便在割完麦子的地里打窝子准备栽苞谷，阿福也在旁边的地里打窝子，烈日烤得人睁不开眼。

阿福说："过来喝口水吧。"

卢家女人有些不好意思，她望了望四周，发觉没人，便凑过去端起杯子咕嘟咕嘟地喝。

阿福说："早听说了，你家的日子不好过。"

卢家女人的泪在眼里充溢。

阿福说："其实我真的想帮帮你。"

卢家女人看了阿福一眼，阿福一脸的真诚。

阿福又说："我是真心想帮你，没别的意思。"

卢家女人点点头，又迅速瞟了一眼四周，发觉没人才安心坐到地上。阿福端起水喝，阿福说："你秧田里撒肥料没有？"

卢家女人摇摇头，秧苗插下去后，因缺少养料久久不转青，卢家女人很着急，肥料是很紧张的，一般的人买不到。

阿福说："你可到我家来扛一包，我有多余的。"

卢家女人说："那怎行？"又不安地东张西望。

阿福说："我真的是同情你，没别的意思。"

卢家女人深信阿福没别的意思。

卢家女人看见远处泛黄的山路上走来了扛麦捆的人，便赶紧起身回到自家地里。

收工的时候，阿福在自家地边对卢家女人说："我知道你是怕别人说闲话，要不明天晚上天黑净的时候我把肥料给你扛到这里来，没人看见的。你秧苗再不施肥就受损了，到时你全家吃啥？"

阿福走了，卢家女人泪水涟涟。

卢家女人回到家里，看着床上哼哼哈哈的男人和横抹鼻涕的儿子，又想起了泛黄的秧苗。

卢家女人就蹲在灶屋内痛痛快快地大哭了一场。

第二天天黑时，卢家女人做贼般溜到阿福约定的地方，阿福已在地边等候。阿福说："你赶紧扛走。"卢家女人便扛上那一包肥料一路小跑回到家里。

卢家女人像做了一件见不得人的事，一夜不安。

第二天，村里流言四起，卢家女人和邻村队长阿福搞上了，有人亲眼看见天黑时阿福给卢家女人送肥料。

于是有人朝卢家女人指指点点。

于是有人朝卢家女人指桑骂槐。

于是有人当面挖苦卢家女人。

卢家女人大脑里一片空白，她开始怨恨那包该死的肥料，她就想即使田里颗粒无收全家人饿死，也不该要那包该死的肥料。

依然有异样的目光在她身上扫来扫去，卢家女人从此再也抬不起头。

卢家女人看了一眼在床上呻吟不止的丈夫和正在地上捉蚂蚁的儿子，跨出门朝自家秧田走去。那秧苗已转绿变青，和周围众多缺乏养料黄瘦的秧苗相比，那田里的秧苗格外显眼。

卢家女人就看见一团殷红的东西朝自己涌来。

村里的孩子很多，我和莹子当头，所有的孩子都在槐树下排成队，我和莹子便模仿林仙婆的口吻给他们一个个算"八字"："你们家一定是五个人，三男两女，三间草房，四周是高山，门口有一个拴牛的石墩……你八岁前有一个坎口，小心摔跤中风……"每一个孩子脸上尽是虔诚，我们的脸上尽是快活。

槐树叶开始泛黄的时候，村里突然飞起一个爆炸新闻，生产队的钢钎被人偷了。

"谁如此大胆，清出来让他受够！"这件事便成了人们讨论的主题，大家在山上干活时说得最响的也是这句话。

晚上，妈妈把中午吃剩的稀饭端上桌："吃饭了。"

爸爸从黑暗处走出来，用竹签拨了拨煤油灯芯："那钢钎有百分之百的把握是……"

"谁?"妈妈把碗放到了我面前。

我眼睛瞪着爸爸。

爸爸慢条斯理："黑豹子。"

"你咋晓得?"

"还用说? 十六那天晚上我在棚里看海椒，半夜起来解手，就看见黑豹子扛了那玩意从保管室出来，第二天便听说保管室的门被撬了。"

"你开腔了吗?"

"关我啥子事? 反正他又没看见我。"

"是啊是啊，你可千万别说出去，人家晓得是你说的不整死你！"妈妈边说边用眼睛看我。

"听说清不出来就要点起香烛来咒，谁偷了全家死完死绝。"爸爸说。

我忽地想起了莹子，黑豹子是莹子的哥哥，要真是黑豹子偷了，莹子被咒死了，谁和我当头头儿？

晚上起风了，槐树叶被风吹落在屋顶沙沙地响。第二天收工时天已黑了，队长扯破喉咙大喊着，人们陆续来到了生产队的晒坝内。

油灯嗞嗞地响着，整个晒坝内寂静无声，孩子们静静地靠着大人，大家似乎都在恭候圣旨的降临。队长和保管员坐在油灯下，身边的竹篮里有大把大把的香烛。终于，队长开口了，他的声音很响："我们查了很久都没有结果，根据大家的意见，我们买来了香烛，每家来个代表，没偷的，就大胆地咒，咒他全家死完死绝……"

每一个上前点香烛的人说的话几乎都相同，而且都是满脸的虔诚。

"叶子，我肯定要死，那钢钎是我哥偷的……"莹子把我拉到一边眼泪汪汪地说。

我脑袋嗡地一响："那就叫你哥拿出来吧。"

"我哥不肯，他还叫我不许说，我要死了……"莹子哭出声了，我的眼泪也流了下来。

回到家我对妈妈说那钢钎是黑豹子偷的，而且是莹子亲口告诉我的。妈妈忽然凶神恶煞地扯住我的肩膀说："你跟别人说过没有？"

我摇摇头。

"千万不准说，人家知道了整死你！"

我吓得直吐舌头。

我始终惦念着莹子，怕她死去，莹子也没有了往日的欢乐，整天神情恍惚。

几天后的一个清晨，隔壁陈二妈家传来了伤心的哭声，陈二妈十九岁的儿子春文突然死去。于是村里沸沸扬扬，人们便确认老天显灵了。

"偷了的不死，没偷的却……"爸爸望着妈妈说。

我就想这老天到底是怎么回事。

陈二爹死得早，丢下二妈和三岁的儿子春文，如今二妈好不容易把春文拉扯大，却……

二妈哭得死去活来，把春文草草掩埋了。人们的话题便又转到了老天显灵这"灵"字上，而且越来越激烈。

二妈被拉到晒坝中央，人们把她围成了圈，队长跷着二郎腿，嘴里吸着叶子烟："把钢钎交出来！"

二妈全身发抖："我没有偷……"

"没偷，没偷怎么会死？嗯，老天显灵啦！我看你最好交出来，不然扣你的粮食！"

我望着爸爸妈妈，可他们低着头就是不看我。

莹子来到我跟前，她似乎比以前高兴得多，可我却不愿意理她，甚至开始恨她。

分红苕的时候，二妈一个也没分到。

以后好多天，二妈的房门紧闭，爸爸忍不住了，踹开二妈的门，二妈已悬梁自尽。

于是，人们更相信那句"死完死绝"。

圆　月

翠翠跨出门的时候，月亮正掉到自家屋顶上。

翠翠右脚在门里左脚在门外忍不住回过头去，那个叫做牛三长着一张马桶脸牙挤出嘴唇的男人朝翠翠做了一个鬼脸。翠翠就听见门砰的一声关上了，翠翠还听见了娘和那个男人嘻嘻嘻的干笑声，然后屋内一片漆黑没了动静。翠翠就将三岁的妹妹揽在怀里，坐在院坝内的葡萄架下，望着水一般透明的月亮照得熟透的葡萄闪闪发光。

大地浸润在如水的月色里。远处田野里是一片又一片的稻草人。还有那爬满青藤在月色里显得黑油油的大树，七岁的翠翠就想起了鬼。妹妹在翠翠怀里梦呓，翠翠又想起了在屋背后看瓜的爹。

吃晚饭时，翠翠听爹对娘说："都说好了，牛三吃了晚饭来。"娘说："怎么酬谢他？"爹说："只要是儿子，就送他两担谷子。"娘问："是女儿咋办？"爹停了一下说："没问题，人家牛三老婆连生了两个儿子呢。"

爹喝了许多酒，很是兴奋，对翠翠说："吃完饭你带妹妹到院坝里看葡萄，强盗要来偷，我去山背后看瓜，等葡萄和瓜卖了好给你扯花衣裳。"

之后爹就走了。

翠翠想穿新衣裳，她很少穿新衣裳。娘生了妹妹，被罚了好多钱，房子被拆掉了。爹喝了酒就常叹息自己没有了香火，还动不动就打骂娘一顿。

那一天爹从城里卖瓜回来，像发现了新大陆似的大声武气对娘说其实生男生女在于男人，然后又喝酒，满面红光手舞足蹈。

……

翠翠就望着铜盘大的圆月落在了树梢上。

屋门砰地打开，牛三从漆黑的屋里走出来站在月光里伸了个很夸张的懒腰，又吧嗒吧嗒从翠翠身边走过，然后那颗长着枯草般头发的头就淹没在水一般的月色里。

半晌，娘从屋里走出来，从翠翠怀里抱起妹妹，然后牵着翠翠进屋了。

翠翠就躺在竹板床上望着窗外很蓝的天空中挂着那轮金黄的圆月。

翠翠就瞪眼望着那轮月亮像要滴下血来。

艳阳天

阳光很好，阳光总是很好。

敬老院的葡萄架下晾满了斑驳。老张头缩着脑袋眯缝着眼睛靠在藤椅上打瞌睡。蓦地，老张头觉得喉咙发痒，猛地吸口气以迅雷不及掩耳之势喀地咳嗽起来，很快就面色发红心跳加快，差点喘不过气来。

"张大爷，张大爷……"

老张头好不容易才缓过劲，扭过头眯起一双泪汪汪的眼睛，这才看清是院里的李太婆，她正拄着拐杖挪动那瘫痪的腿朝这边走来。

"张大爷，瓜子草煎蛋参汤不放盐喝了可治咳嗽噫。"李太婆已在老张头对面的一张椅子上坐下。

老张头一阵欣慰，抬起眼盯着李太婆的脸，有一块阳光从葡萄叶间落下来掉在李太婆的脸上，有些滑稽，老张头便嘿嘿地笑。

李太婆也嘿嘿地笑。

阳光下，几只蜻蜓在如毯的秧林间飞来飞去。

"咳，你知道吗？咳！"老张头欠过身子对李太婆说，"那时我们俩可好呢，割草放牛赶鸭都在一起，她还会唱《十月回娘家》呢，有一次她唱完，我就亲她一口，她便赌气不理我，后来我们好了，她就说牛子你真坏……嘿嘿……"

老张头一脸溢着笑，得意地摇头晃脑，忽地又叹口气："我那爹就是不准我娶她，后来她嫁到了后山坡，我便发誓不娶女人，赌气去了煤矿，一干就是几十年，就落下了这吭吭喀喀的老毛病，一年四季没舒展过。"

老张头又是一阵咳嗽。

"张大爷，瓜子草煎蛋参汤不放盐喝了可治咳嗽噫。"

对坐许久，都不说话。

李太婆用拐杖轻轻敲了两下腿，眼里幽幽地淌出泪来："那时我们刚结婚，他长年累月在外面拉纤，偶尔回家给我带回红头绳花褂子，还非要我系上头绳穿上褂子给他看，又说细妹简直像仙女一样漂亮……后来有天晚上，他的同伴赶来说他沉到了河底，再也没有起来，再后来我老做梦，梦见他从远处走来，嘴里还喊细妹……"

李太婆呆呆地望着远处葱绿的高山，久久不说话。

老张头也望着那葱绿的高山不再言语。

"细妹——"半响，老张头盯着自己的脚尖喊。

李太婆像是回过了神，慌忙用拐杖敲了敲自己的脚："我这腿就是那年摔的……"

"细妹——细妹哎——"老张头依然盯着自己的脚尖喊。

"哎——牛子，我听见了……"李太婆也盯着自己的脚尖回答。

阳光很好，阳光少有的灿烂。

雪 天

外面的雪纷纷扬扬。

雅丽从书中百无聊赖地抬起头来。

屋内有空调，很暖和，让人平添几分慵倦。屋子里其他办公桌前的人斜靠在椅子上半眯着眼睛欣赏窗外鹅毛般的大雪，或埋头潜心于手里的报纸杂志。

雅丽长长地伸了个懒腰，脚碰在到办公桌下一个背篓上，那是乡下姨妈前些天来城里准备买小猪没买到放在这里的，说是等下场逢猪市再来拿。

办公室里几位同事常常笑雅丽说，这办公室快成农贸市场了。因为乡下亲戚离城远，雅丽这儿又顺路，每次他们进城有事无事便到雅丽这里来，挑着箩筐或背着背篓，在窗外探头探脑地望，待雅丽发现了他们，才走进来亮了嗓门大声地说这样说那样。开始时，雅丽总是客客气气笑眯眯的，渐渐地，雅丽有些不耐烦了，她觉得乡下亲戚们那黄泥巴似的脸以及那身上寒酸的穿着，都会给这办公室带来一种不协调，甚至让她有些不光彩。但她脸上依然强堆着笑，迎送她这群父老乡亲。

上个星期，雅丽早上一上班，姑妈已在办公室等她了。姑妈的儿子到深圳打工去了，想让雅丽帮她写封信，叫儿子在外安心挣钱，家里的猪已喂肥卖了，孙子也很乖要他放心。雅丽刚写好信把姑妈送走，姨婆又走进来了，她要雅丽帮她打电话给在广州打工的儿媳妇，说叫她寄点钱回来，孙子病了没钱治。姨婆边说边流泪，呼呼地吸鼻子，办公室里其他几个同事在一旁偷笑，雅丽心中很有些不快。谁知姨婆刚走，三爷又进来说他买了包猪饲料是假的，要雅丽去帮他换。雅丽还没来得及答话，桌子被轻轻地敲了两下，雅丽一抬头，那是领导很冷峻的目光："这是办公室，请注意一下影响。"

雅丽脑袋嗡地一响，领导什么时候进来的她根本没有发现，她看见的只是自己面前这些来来往往的亲戚们。

"你先出去一下吧！"

三爷不敢再说话，默默地走出屋，雅丽就一脸尴尬地望着屋子里正看着自己的同事们。

雅丽忽然站起身跑出去追上三爷："你们以后有事，最好先在外——边——等——我！"雅丽知道自己的脸色很难看。

这些天，乡下的亲戚果真来得少了。

雅丽心中倒有几分轻松。

外面的雪越下越大，雅丽又将一张报纸从头到尾看了个遍，雅丽看看表，已到下班时间，便起身穿上外套走出办公室。屋檐下站着一个"雪人"，看到雅丽，那"雪人"冲了过来，是大舅。

"你舅妈摔得不轻，送到医院钱不够，医院死活不给治疗，我在这儿等你好半天了！"大舅一脸焦灼，被冻得发乌的嘴唇不停颤动着，牙齿咯咯地响，头顶上那已露出黄絮的棉毡帽更衬出那份凄怆。

"那么，快走吧！"雅丽加快脚步往医院跑。

"爹、爹……"大舅的小儿子跑了过来，"妈她已经……去了……"

空气似乎凝固了，雅丽呆立在纷纷扬扬的飘雪里，全身一阵战栗，她感觉得很冷很冷。

冷得她的心已开始下雪。

烈　日

"筱芬。"庆国站在岩上喊。

"筱芬，筱芬。"庆国提高了嗓门，火辣辣的太阳将庆国的脸烤得嗞嗞直响。

"筱芬，你聋啦?"庆国抹了一把脸上的汗，弯腰拾起一块硬泥朝岩下掷去。

"哎——"岩下郁郁葱葱的高粱林里探出一颗乱蓬蓬的头来。

"你男人来信了。"庆国将手中的信在阳光下晃了晃，然后沿着岩壁往下走。

筱芬扛着锄头从高粱地里走了出来，"庆国，你晓得我不识字，帮我念念。"

筱芬将锄把横在地边，庆国便一屁股坐了上去，从信封里抽出信纸匆匆看了一遍说："狗日的!"

筱芬说："啥子?"

庆国说："筱芬你千万要想开些。"

筱芬说："啥子??"

庆国说："筱芬你千万别想不开，现在外边的男人都这样。"

筱芬说："到底啥子?!"

"你男人在外边有女人了，信上说春节回来跟你离婚。"

筱芬就看着那没有一丝云彩的天空里烤得人嗞嗞作响的太阳泛着无数的白圈。

筱芬眼泪鼻涕一齐淌，"哎呀嗬，我早该想到有这一天，出去两年了总共才写了两封信回来哟……"筱芬一边捶着胸口，一边抢过信撕得粉碎。

庆国也开始往自己眼睛上抹，"别哭了，现在到外边去打工的男男女女都不是好东西，亏的是我们这些老老实实待在家里的人。实话跟你说吧，我老婆在深圳那边也跟人了，我们俩的命都一样的苦哇！"

庆国起身去搀哭得昏天黑地的筱芬，"筱芬，想开点，别人都给我们脸上抹黑，我们还为别人守啥子节哟？"

筱芬不肯起来，庆国说："起来嘛。"筱芬还是不肯起来，继续哭。庆国说："乖，听话。"又将筱芬往高粱地里拖，筱芬哭得越凶，庆国拖得越猛。

太阳将高粱地烤得嗞嗞作响。

筱芬从地里钻出来已停止了哭泣，庆国就摸着筱芬的头说："想开点，你不知道，这个社会已经很开放了。"

筱芬痴呆呆地望着那一地纸屑说："是嘛，凭啥子嘛？"

筱芬的脸和庆国的脸在太阳光下嗞嗞作响。

以后庆国就常对筱芬说："想开点。"

筱芬就说："是嘛，离就离。"

年关的时候，筱芬的男人回来了，筱芬一脸的不屑。

男人从箱子里拿出大叠钞票说："瞧，这是我这两年在外挣的。"

筱芬说："什么时候离，你通知我一声就是了。"

男人一脸惊诧，"离什么？"

筱芬说："你不是在信上说过年的时候回来和我离婚吗？"

男人一脸茫然，"我几时在信上说了要回来和你离婚？"

筱芬半天不说话，她就想起了那封她连一个字都不认识被撕得粉碎的信。

黄土地情愫

　　他十八岁跳"龙门"，二十二岁被分配到林业局，二十七岁当林业局局长，三十二岁当选为副县长，可谓飞黄腾达，官运亨通。

　　长年的官场生活让他彻底悟出什么是尔虞我诈钩心斗角。有时他也莫名其妙地怨起自己那张多变的面孔来，整天戴一副面具，在上级和下级还有同级面前不断变换面部的肌肉，或紧或松或半紧不松，他真担心自己这张三花脸有一天会患上一种怪病。

　　"好累呵！"他常对妻子说，"还是咱们那片黄土地好呵！"那时他和妻子同村，又同上一个年级一个班。他爱好广泛，琴棋书画样样懂，对文学有一种说不出的痴诚，他做梦都想当作家。中学时，一篇作文在全国获了奖，家长和老师高兴，同学羡慕，亦让他腾云驾雾好一阵子。那时妻子是班里的文娱委员，天生一副好嗓子。放学回家割草，他吹响自制的竹笛，她便坐在一边唱歌，黄鹂鸟般婉转飘向蓝天白云，溢过小桥流水，跌进稻花飘香的水田里，引得蛙鸣声声，晚霞中的红蜻蜓成群在高粱穗间飞舞，简直是一幅绝美的图画。

　　一想到这些，他就想马上回到那个小村庄那片黄土地，但自己官务缠身。想象自己整天戴着一副面具的脸，他便想大喊大叫宣泄自己。可他终于没有大喊大叫，他依然得继续去办公室不断变换自己面部肌肉。

　　终于有一天他对妻子说："我干脆辞了官带着你和孩子去乡下租一份地种，过男耕女织的生活，空下来我便练书法写小说，或你唱我吹。"妻子想了想，说："那时我俩好不容易跳出龙门，你又好不容易登上副县长的宝座，回家种田岂不让人笑掉大牙？"他想想也是，自己现在身任其职虽谈不上可以呼风唤雨却常被上请下迎，若回乡下去，不知情者还会误以为自己是被撤免职务狼狈而归呢。

他依然去办公室，依然无休止参加大会小会，那张三花脸依然在人围里变换。

这年春节，他带上全家回了老家，村人们都带上土特产前来看望他，都说他是村人的一大骄傲，要他讲外面的世界。望着眼前一张张被黄土地染成一色纯朴得不能再纯朴的面孔，一股暖流涌上心头，那份亲切，那份恬静，让他疲惫倦怠的心好像回到了童年。他重游了那高的山，矮的地，远的林子，近的庄稼。他说，还是这片黄土地好呀！

回到家，他彻夜失眠了，他对妻子说，等退休下来了一定回家安度晚年。

于是他天天盼望着退休的日子，时时惦念那片黄土地，设想回乡后那份清淡恬静的生活。

好不容易办理了退休手续，他对妻子说："我们收拾东西走吧。"妻子闷了半晌说："虽然你退下来了，但权力还是有一些的，有什么事新上任的县长多少还得向你讨教，你说的话他们好歹也得听一些。人真要走了茶就凉了，今后孩子们的事恐怕就难办了。"

他又闷了半晌，觉得妻子的话有道理。

他病了，倒在医院的病床上，县长和书记都来看望他，大包小包的礼品，并说了许多动人的安慰话，临走时县长对他说："你好好养病，今后有事多找我，你的事也就是我的事。"

他凄然一笑。

他终没能康复，他对妻子说："死后将我的骨灰撒在那片黄土地上。"然后就咽了气，却半眯着眼睛。

姐　弟

"姐姐从乡下来，她从没离开过槐花湾，也没见过什么，你对姐姐好一点。"金子对老婆芳芳说。

金子就出生在那个叫槐花湾的村子，在金子的记忆中，从小到大家里除了穷还是穷，自小，父母很希望姐姐和金子能出人头地，揭掉这顶穷帽子。可姐姐不争气，硬是不顾家人的反对去和一个不太成才的男人结了婚，婚后又生下两个孩子，让本身就不富裕的家更加艰难。金子常常一想起姐姐心就疼，小时候姐姐很疼他，有好吃的总是留给他。金子也想，等自己出息了，就接父母和姐姐到这个大城市来看一看，享享福。可金子的运气也不是太好，和老婆芳芳出来打工这么多年吃尽了苦头，挣的钱除了每月房租水电和必要的开支也就所剩无几了。但在面对父母和姐姐甚至村人的时候，还总得说自己在外混得不错，这让父母在村里也赚够了面子，自己在带着老婆儿子回家的时候也换来了村人们敬慕的目光。在那种时候，金子常常沉醉于那种临时的满足中，尽管在外面很苦很累甚至为了挣钱而放下男人应有的自尊。

在火车站，金子和老婆见到了姐姐。姐姐看上去很是苍老，才35岁背就有些佝偻了，头发已出现大面积的花白，神情也显得迟钝。姐姐见到金子就哭开了："你那遭天打五雷轰姐夫，我好不容易喂肥了一头猪，卖了猪的钱藏在墙缝里，他还是找出去给输光了……"姐姐眼泪鼻涕一齐淌，金子正不知该如何安慰姐姐的时候，姐姐忽然止住泪提高嗓门说，"我这回就横了，不回去了，让他带着两个孩子过日子，让他晓得锅是铁铸的。"

芳芳一直不说话，她在想：要是这个姐姐真的不回去了该咋办呢？

晚上，芳芳和姐姐睡里屋床上，金子带着儿子在屋外用凳子拼了一个简易的床。姐姐睡到半夜将芳芳叫醒，说自己睡不着，想起两个孩子没妈好造孽哦，还有那个死鬼男人，平时连饭都不会煮，爷仨恐怕在屋里要嚼生米吃了。姐姐从床上坐起来，说不行不行，还是得回去。金子在外屋被姐姐吵醒，对姐姐说这半夜三更没有车，至少也得等到明天再说，好说歹说半天姐姐才躺下打起了呼噜。

第二天的火车票是晚上的，金子说陪姐姐去超市买些东西给两个侄子带回去，姐姐听罢则一脸欢喜，说："还是你们好，在外面可以挣大钱，哪像姐姐在家一年到头千辛万苦才喂肥一头猪。"

姐姐一进超市就两眼放光，说只有在电视上才看到过这种推着车子随便拿东西的地方。金子说："姐姐，你选嘛，选你喜欢的。"

姐姐如鱼得水，将货架上的洗衣粉肥皂毛巾一股脑儿往推车里装，芳芳在一旁黑着脸拼命掐金子的腰。金子小声说："不要紧，我今天带了两百块呢。"芳芳说："两百块花了我们不消吃饭了?!"姐姐在前面嚷，说："这就是游戏机? 你那两个侄子一直嚷着要，说好多同学都有。"金子就说："拿就是了。"于是就拿了一个往姐姐的推车里装。姐姐又看到了很精致的书包，说："你侄子肯定喜欢。"说着又往推车里放。金子心里暗暗叫苦，却又装着若无其事，芳芳则一脸怒气地往出口走。

在排队结账的时候，金子心情沉重地正琢磨着怎样应付姐姐那一推车东西，姐姐忽然说想上厕所，金子喊芳芳陪姐姐去找厕所。看着姐姐和芳芳的背影消失在人群里，金子赶紧将那游戏机和书包拿了出来，然后以最快的速度去结了账。

金子提着两袋子洗衣粉肥皂毛巾走出商场，见到上厕所回来的姐姐和芳芳，金子一脸怒气地对姐姐说："狗日的这个孬商场，游戏机和书包都存在质量问题，已经退掉了，以后再也不来这里买了!"

姐姐则一脸的惋惜与不甘，说咋就存在质量问题呢。芳芳则满面欢欣，说下次去一个好商场买好的。姐姐依然一脸惋惜与不甘。

送姐姐上火车的时候，姐姐提着两包东西不停地说："不遇到狗日的孬商场，我就可以让两个孩子打游戏了……"

井

村子坐落在半山腰，那井就在山脚下，一条高而陡的弯弯曲曲的山路连接在村子和井之间，于是，村人便沿了这条极高极陡极弯曲的山路挑水吃。

那井已有好多年月了，村里凡有一把年纪的人都为打这井出了不少力。

这年，从外地迁来一户人家，年轻的户主周建华便将房子建在井的不远处。全村就数这周建华挑水最近，于是村里许多人便愤愤不满。

"我们打井时，这小子的祖先还不知在哪里打烂账呢，现在倒有后人来享福了！"

"前人种树后人乘凉嘛，周建华干脆来认我做干爹算了。"

……

村里人特别多，夏天人们要洗澡洗衣服，井里的水老是不够用，每年天干，人们都会半夜三更打着手电抢水，一条弯弯曲曲的小路总被泼得湿漉漉的。

周建华也不例外，近水楼台先得月，周建华每天和大家一齐动手，他往家里水缸中倒了四挑水，可村里其他人一挑还未拢屋，这就激起了村人们的莫大愤慨。

"他妈的老子干脆把井封了，大家都别想挑！"

"老子正房子还搞成了偏屋，真他妈倒了八辈子霉！"

"老子唯愿天干得不浸一滴水，你离井再近也等球于零。"

所有的话都是对准周建华说的，所有的怒火都是冲周建华发的。

这一天井里忽然多了只死耗子，村人的眼睛就都看着周建华，将一只死耗子弄出来总该是你周建华的事吧。

于是村人吃水便到张家湾去挑，那儿有一口大井，长年有取不完的水，只是路程远了很多，去张家湾也得经过村里那口井。

死耗子在井里慢慢发胀长蛆，井里的水也慢慢多起来，那死耗子便浮在水面随着上升。周建华也理所当然担着水桶去张家湾取水。

村里人又恨恨地骂。

村里那井里的水竟空前地漫了出来。

村人们依然担着水桶去张家湾挑水吃。

脸

　　怀孕几个月，我整天在网上四处搜集吃什么对胎儿有好处的信息，听说核桃吃了补脑，我就赶紧吃核桃，听说西瓜吃了娃娃皮肤好，我又去买西瓜。总之，为了"革命"的后一代，我是没少费工夫。医生说不能随便乱吃药，特别是西药，否则容易造成胎儿畸形，一想起这些真的让人胆战心惊，生怕自己今后就生出一个缺手少脚的怪胎来。

　　胎检的时候，医生说我有些贫血，需要吃些含血色素的食物，比如红皮花生。

　　丈夫说楼后面菜市场上有很多卖红皮子花生米的，但是现在有些商贩经常用一般的花生用色素染红充红皮子花生卖，一想到那是化学元素红我便一阵心紧。丈夫说："你要学会自己辨认啊！"

　　于是我便下楼往菜市场走去。

　　菜市场上热闹非凡，卖各种干杂的形成了一条街，特别是一溜烟的红皮子花生更是惹人眼，见到我，一位胖女人一脸堆起笑："买红花生，营养价值高。"我伸手抓起一把，颗颗饱满溜圆，真是让人爱不释手。胖女人赶紧拿袋子，边往袋里装花生米边问："称多少？"我忽然想起"色素红花生"，便说："你这不会是色素红花生吧？"胖女人说："什么色素红花生，我这是资格货。"我摸摸微微隆起的肚皮说："我怀了小孩，怕吃了色素红花生对小孩不利。"胖女人忽然收起了笑，满脸不悦地将袋中的花生米倒了回去，重重地把空袋子掷到木板上，扭过脸不再理我。

　　"莫名其妙！"我嘟哝了一句也拉下脸并恶狠狠地瞪了胖女人一眼，边往前走边小声嘀咕："神绰绰的，不知道顾客就是上帝吗？"

　　"妹子，买红花生，这里来。"一张脸笑得灿若桃花，"我看你是怀小

那一团紫

孩了吧，吃了这个红皮子花生可帮助大人娃娃生血，让你的孩子更健康、聪明。"见我走了过去，灿若桃花的脸更加灿烂，我说主要怕买到染色素的花生。"哎呀，妹子，这条街上其他人的我不敢保证，但我这可是百分之百的红皮子花生，都是女人，我不会骗你。"对方一脸真诚，我心生感激，她把称好的花生米递给我，边找钱边对我说："吃了我的红花生，保证你生一个又健康又聪明的胖小子。"听着这些话，望着那张灿若桃花的脸，刚刚心中的不快烟消云散，我道了声谢，提着花生往回走，心想：都是做生意，咋有的人就会做有的人就不会做呢？

回家后我开始嚼花生米，丈夫下班回家敲门的时候花生米已消灭了一大半，打开门，丈夫望着我忽地笑了起来，说："你吃了人吗？"我跑到镜子前一照，嘴上溢满了红，我才想起刚吃过的红花生，赶紧抓了一把放到水中，红色全部浸掉，里面就是一般的白皮子花生。

怒发冲冠的我想起了那张灿若桃花的脸，真恨不得一拳揍死她。

有知情人说那条街上的红花生都是色素染的。

一想起吃下去的花生米和我那未知健康的孩子，我就咬牙切齿，但又想想那个拉着脸将袋子狠狠掷在木板上的胖女人，心里却要好受些。

六月的阳光

六月的太阳光毒毒地照在城市的天空里。

没有风，整个工地上晒满了六月里毒毒的太阳，脚手架上站满了人，没有人说话，只有叮叮当当的敲击声。昌顺的头上脸上也铺满了六月里毒毒的太阳光，汗水正顺着他猪肝色的脸颊淌下来。

"昌顺——昌顺——你妈死了。"

叮叮当当的声音依然在响，昌顺听见了那声音，人的声音和砖刀碰撞的声音是不一样的，昌顺就看见脚手架下站着一个人，那个人正用手挡着眼睛上面六月里毒毒的太阳光。

"昌顺——你妈死了。"

这一次昌顺不仅听到了那声音，还听清了那内容，昌顺将手中的砖刀狠狠地敲在垒起的砖块上，有一块红砖便从中间裂开了，昌顺用那双又粗又大又脏的手在脸上抹了一把，然后亮开嗓门朝下面吼了一声："你妈才死了!"

"昌顺，你妈真的死了。"下面喊话的是王老二，他依然用手挡着眯缝着的眼睛上面的太阳光，这一回，昌顺全身上下里外都颤抖了一下，他知道下面的人已可能不是在开玩笑，于是赶紧从脚手架上往下下。

"刚才接到的电话，说你妈死了。听说是因为她的三轮车被城管的收了，就去跳了楼。"说话的人放下了挡住眼睛上太阳光的手，看着昌顺一直下到地面上。

昌顺的脸有些惨白，对于这个突如其来的消息，他不知是悲还是哀，但他知道自己此时此刻没有一滴泪。平日里，昌顺每每想起那个脸上布满破渔网皱纹的母亲，心里便会钻心地痛。母亲斗大的字不识一筐，父亲双腿残疾，母亲就撑起了一个家。昌顺知道母亲的苦，从小就懂得为母亲分担，学习成绩也不是一般的好。母亲渴望昌顺能成才，能出人头地，能像城里有钱人一样过上好日子。从未离开过小山村的母亲很是执着，发誓再苦再累也要供儿子念大学。就在这个夏天，昌顺以难得的高分考上了令所有人羡慕的学校，母亲是开心的，可昌顺从母亲开心的神情里也读出了母亲的沉重——那就是高昂的学费。于是母亲又迅速作出决定，到成都去拉人力三轮，村里有好多人就在成都拉人力三轮车，听说一个月可挣一千多呢。昌顺知道母亲的苦心，也想为母亲分担点什么，于是就随村里的民工一道来重庆的一个工地上当上了一名泥水匠。

在这个工地上，就有好多个昌顺家倒弯倒拐的亲戚，那个负责监工还专门接电话的王老二，他家就和昌顺的家两隔壁，这个工地上的工头是王老二表兄的姑妈的女婿，王老二也因此沾了这份光而落得轻松。在这里，尽管工地上的活很辛苦很累，可昌顺一想到可以为辛劳的母亲分担重担、一想到等暑期一过就可以跨进那所向往已久的大学校园，他心里就有说不出的愉悦。昌顺也想，等哪天自己有钱了，也要让没有过过好日子的母亲和残疾父亲过几天像样的日子。

二癞子从脚手架上下来的时候，昌顺的汗正从额前淌到眼睛里，二癞子是昌顺母亲娘家的堂兄弟，昌顺便依了辈分喊他二舅舅。二癞子用一只汗渍渍的手搭在昌顺肩上说了声节哀。当然，他完全以为昌顺在为母亲的死流泪，可昌顺不是，他此时此刻已流不出泪来，因为他心里在盘算回家的路费。昌顺到这个工地上还没几天，口袋里也没有几个零钱。

"回去嘛。"二癞子说完转身往工棚里走，昌顺就听见刚才还沉寂的脚手架上又叮叮当当地响了起来，昌顺就跟着二癞子往工棚里走。

在凌乱不堪的工棚里，二癞子从汗味十足的枕头下抖抖索索地翻出一把零钱，低头数了数，一共二十元零几角，二癞子说，这点钱肯定回不了家，到工地上找其他弟兄伙凑凑。

然而，二癞子在工地上没有凑到钱，因此很是着急。即便如此，立在太阳光下的昌顺对二癞子也是充满了感激。昌顺知道工地上的人并不是不愿借钱给他，而是他们根本就没有钱，农村里的人出来打工通常不会带多少钱在身上。

"要不然，我们去找工头借。"二癞子说。

"借不着的，"王老二不知什么时候出现在昌顺和二癞子身后，"工头不在，下头的人不敢做主。"

太阳光下的几张脸完全呈猪肝色，脸上泛着白白的光。

"老子走也要走回去！"昌顺吼出来的时候已是一种哭腔，脖子上的青筋一条条地暴凸着，有一滴泪迅速从右眼眶里滑出。

昌顺转身发疯般往外跑，二癞子紧跟在后面追，穿过车水马龙的大街，昌顺的眼前晃动着母亲那张破渔网似的脸，他想起了早上看到一张报纸上报道的一则新闻：成都一位乡下妇女为了挣钱给准备上大学的儿子交学费，到城里拉人力三轮，头天晚上身上仅有的一点钱被抢匪抢去，第二天三轮车又被城管收了，于是该妇女从一幢八层高的楼上跳下……昌顺当时心里就紧了一阵，但他安慰自己说事情不可能有那么巧，自己也不会有那么倒霉。可天底下的事就偏有这么巧，自己偏偏就有这么倒霉。

昌顺只觉得自己的耳边有风呼呼地吹，眼前有千万道金光在闪，嘴巴里有千万种味道在涌。

气喘吁吁的二癞子就听见了一声巨响，一辆大货车将昌顺掀到街边，二癞子还看见了昌顺婴儿一般熟睡的脸。

"好了，好了，这下好了！"二癞子嘴里不停地嘟哝着。

六　指

六指三岁没爹四岁没娘。

六指有六个指头，两只手和两只脚加在一起一共二十四个指头。

六指长得牛高马大，黝黑的皮肤，脸上堆满了横肉，嘴唇厚蠢蠢地翻翘着，村里都戏称他为"非洲人"。

六指三十好几了还光棍一条。

六指就在路边的小茅屋里开了一间加工房，邻村的婆婆媳妇们常背来一背麦担来一担谷。六指就在轰隆隆的机器声里看婆婆媳妇们用力将筐里的东西倒入机器漏斗中，那不太长的衣服下面就露出白生生肥嫩嫩的肉来。

六指就两眼发光。

六指每天收工锁上加工房门往回走，常立在高粱苞谷林覆盖的小路上望落日的余晖，望天边如血的残阳，望家家户户袅娜的炊烟。

六指就想那飘着炊烟的屋子里关于男人和女人的事，想着想着心就像要蹦出来。

六指只好回到阴冷潮湿的小屋里闷闷地叹口气。

村里张家媳妇拿六指寻开心："六指，过婚嫂要不要？我娘家那边的人。"

六指先是一脸惊诧，继而变成疑惑，看到对方脸上充满"真诚"，六指就说："要，管她过不过婚嫂，只要是女的。"

六指理所当然不收张家媳妇的加工费，还时不时帮张家媳妇担担水扛捆麦。

李家媳妇在自家地里浇水，看六指没到加工房却在帮张家媳妇翻土，李家媳妇就说："六指，张家媳妇是蒙你的。你帮我把这地浇完，我保证给你找个大姑娘。"

六指便扔了锄头去李家媳妇的地里，李家媳妇就坐在地边看六指将一大担水从坡下担上来，然后一瓢一瓢地往地里浇。李家媳妇说："我家堂妹子，人又标致，就是太挑，现在快三十了，你俩正合适。"

六指就将手中的瓢舞得飞快。

六指好些日子不去加工房了，整天待在李家媳妇的地里大汗淋漓。

张家媳妇和李家媳妇在地边歇工闲聊，六指干完活就忍不住凑过去问："你们说的女人呢?"

张家媳妇和李家媳妇对眼一望，然后在地里滚着打哈哈，六指摸不着头脑，嘴里说："你们笑啥子嘛。"

"你也不屙泡尿照照，你那样子瞎了眼的女人才会跟你。"张家媳妇说。

"除非——你有个十万八万的。"李家媳妇比画着。

六指很伤心，流下泪来，又回到自己阴冷的小屋里。

村里有人外出打工回来，向六指说起外面的钱是如何的好挣，大老板的钱是如何的多，有钱的男人是如何地拥有三妻四妾，直听得六指摇头晃脑、心花怒放。

六指连夜打点行李外出了。

六指的加工房从此房门紧闭，人们只好去一个很远的加工房。

六指一去好多年杳无音讯，有外出打工的人回来说，六指被敲沙罐（枪毙）了，说的人轻描淡写，听的人目瞪口呆。据说六指自离家后一直在外飘荡，后来伙上了黑社会的人，人家见他老实，便唆使他夜深人静闯入了一家银行，用铁棒将值班人员打死。

"后来呢?"听的人问。

"后来，后来就被敲沙罐了嘛。"说的人一副见多识广的样子，有些不耐烦。

人们才又想起了路边的加工房，门上的锁已锈迹斑斑，破门而入，打米机依然能转动，嗡嗡地闷响，跟六指在时的声音一个样。

 **盲　点**

　　那太阳伞下缩紧身子卖冰棍的老头忽然有一个发现，那男的和那女的每周六下午都必须经过这里，而且都在他的冰棍摊前停留。

　　"一个雪糕一袋大冰！"

　　男人接过雪糕递给女的，自己则吸那大冰。女的咬着雪糕一脸甜蜜。然后转身朝对面车站亲亲热热说说笑笑走去。每次等那女的上了车，男的才恋恋不舍地挥挥手目送那车走远，回转身郁郁地坐车往相反的方向而去。

　　老头渐渐地也就习惯了，每周六下午未等他俩走近，便将一个雪糕一袋大冰从冰柜里拿出来，那两人走来也不多说话，付了钱拿了东西便走。

　　后来那老头又觉得奇怪，那女的顶多十七八岁，一脸甜蜜一脸幸福一脸娇嗔。男的呢，大约三十五六岁，在女孩面前总是那样宽厚，甚至更多的是一种爱抚。

　　老头便猜，他们可能是父女俩吧？但不太可能，三十五六岁的男人女儿咋会有十七八岁呢？是兄妹？但在他们脸上咋找也找不出半点相像的痕迹。难道会是……

　　老头摇摇头自嘲地笑笑，何必为别人的事去费心思？

　　整整一个夏天，老头就缩在太阳伞下，每周六他便静静地等着那两人的到来，然后早早地将一袋大冰一个雪糕取出。

　　夏天快要结束的时候，天气依然出奇地热，老头卖冰棍的生意也出奇地好。这周六下午，老头跟往常一样等着那一男一女的到来，可天快黑了还不见他们的身影。收摊时老头若有所失地望望那条路，心底升起

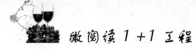

一股莫名的惆怅。

一连好多个周六，老头都没见着他俩。

秋天到了，天气依然热。这周六，那男人独自出现在老头面前，脸上蓦地瘦了一大圈，眼神游移不定。

老头吃了一惊。

"一个雪糕一袋大冰！"

男人神情漠然地接过大冰只是不再吸，一手捏着雪糕往对面车站慢慢走去。雪糕慢慢地化了，不断往下滴水，男人竟毫无察觉。

男人就呆呆地立在那里目送每一辆客车驶走，一直到天黑时，手里那雪糕只剩下一根棍。

老头便想起那个可人的女孩。

天气终于凉下来了，老头将冰棍摊改成了烟摊。

又是周六，那男人又一脸漠然地走近老头掏出钱来。

"可是我已不卖冰棍了……"

男人缩回手，无可奈何地摇摇头苦笑着朝车站走去，然后又呆呆地立在那里。

老头心里一阵难过。

又是周六，男人又来了，依然在老头面前停下。

"可是，天已经凉快了。"老头好不忍心说出这句话。

男人走了，老头却不敢往对面车站望。

又是周六，老头将冰棍箱搬来并放在烟摊旁，可那男的却一直没有来。

以后也没有再来过。

母亲名叫王昭君

那时的母亲很年轻。

很年轻的母亲与历史上四大美女之一王昭君同名同姓。

解放那一年，母亲十九岁，全国上下一片欢腾。母亲穿着花衣服腰间系着红带子带头扭秧歌，年轻男女便在母亲的带领下情绪高涨。年轻且充满青春气息的母亲的脸在人群里熠熠生辉，便有依然年轻的小伙子向母亲示爱。

母亲满脸灿烂的阳光，她无声无息地婉拒着每一个人。

母亲心中恋着一个人，一个伟人。

母亲将这份恋情藏在心底，夜深人静的时候母亲就望着墙壁上的伟人痴想，母亲就想伟人一定知道四大美女之一王昭君。

母亲很是积极，参加改田改土、起早贪黑嘶哑了她原本脆若黄鹂的嗓音。母亲知道伟人最欣赏的就是思想先进工作积极的人，母亲就想通过自己积极的努力早日去见伟人。

母亲的父亲病逝了，母亲的母亲长年瘫痪在床，母亲面对七个还未成年的弟弟妹妹和空空如也的家，心底里升起一种少有的绝望。母亲蓦地想到了伟人，就有了一股强大的力量。

母亲一边在山上干活，一边参加村里组织的各种活动。

母亲被提升为村妇女主任。

母亲很是欣慰，母亲想这样一直下去的话就有可能见到伟人了。

母亲就在梦中笑。

一年一年过去了，有许多人给母亲提亲，母亲就扬着阳光灿烂的笑脸拒绝着每一个人。

母亲在灯下给伟人写信，信里说：我叫王昭君，是村妇女主任，家住唐家坊……"坊"字母亲不会写，她就叹了口气将信纸撕掉。

母亲很积极地工作，总是那般不辞劳苦，母亲坚守着一个信念。

又是一年，母亲不但没有被往上提升，就连村妇女主任的职务也被人代替了，因为母亲没多少文化，只读过两年私塾，而且是三天打鱼两天晒网的。

母亲流下了眼泪。

母亲终于无奈地嫁给了比她大十五岁且又穷又老实巴交的父亲。

母亲大哭了一场又大病了一场。

母亲常常在纸上写下一句话："我的名字叫王昭君。"

那个叫柯玲的女孩

柯玲在踏上故乡土地的时候，熟悉的山水草木就在眼前了。柯玲的心开始跳动，离开家乡整整三个年头了。那一年，她还是一个不知天高地厚的疯丫头，扛着行李怀揣着打工的梦想去了广州，村里一同去的好几个伙伴也渐渐同柯玲流散。柯玲先去给人做保姆，然后又在餐厅当服务员，而后到一家工厂做工人。一次又一次的颠簸，一次又一次的失业让柯玲备尝生活的无奈，柯玲也在摸爬滚打中成熟了许多。一个偶然的机会，柯玲被一家厂子的老板看中，柯玲便做了那家厂子里的质检员，时间不长，她又从质检科调到了老板办公室。柯玲有些惊诧于自己这份运气，直到有一天下班的时候，老板要她留下谈工作，先是将一叠厚厚的钞票放在柯玲面前，继而便开始对她动手动脚，这时的柯玲才明白天上不会掉馅饼。

"你再敢动手动脚，我敢撞死在你这办公室！"柯玲眼里含泪愤怒地朝老板吼。

"阿玲啊，"老板一把鼻涕一把泪，"我是真心喜欢你，如果你愿意，我马上就和我老婆离婚，我有很多的钱，我会让你和你的家人过上好日子……"

"不稀罕你的臭钱，我人再穷志还不穷……"柯玲冲了出去，她再也没有回去。

柯玲失业了，但她时时刻刻记得母亲的话：女人最重要的就是名声，人再穷志气不能穷。一想起这些，柯玲便觉得自己很神圣。

柯玲跨进家门的时候，父母正在低矮的屋檐下堆草垛子。几年不见，父母脸上的皱纹多了许多，背也有些佝偻，由于劳动强度大，加之长时间营养不良，父母看上去比实际年龄要苍老许多。

柯玲心里一阵酸楚，家乡由于山高坡陡地少，年复一年人们都过着拮据的生活。

父母看到一别三年的女儿回来，当然是欢喜得不得了，杀鸡宰鸭一阵忙活。吃过晚饭，柯玲向父母说了这些年来的风风雨雨，也谈到了那个有钱的老板。柯玲说，这些年虽没挣到多少钱，但我没给你们丢脸。

母亲望着柯玲若有所思。

父亲说："村里晓虹出去两年挣了十几万，在城里买了房子把她爸妈都接去了。"

柯玲说："爸，我知道，晓虹就在我们厂子附近那一带的歌舞厅里营生呢。"

母亲说："邻村好几个女子出去几个月就挣了一大笔钱，都修了小洋房买了各种家用电器，日子过得蛮滋润呢。"

柯玲喃喃自语，几个月挣的钱就可以干那么大的事？

睡觉的时候，母亲又对柯玲说："人家晓虹爸妈好享福呢，在城里不受肩挑背磨之苦，村里的人都羡慕死了。"

柯玲说："妈，你不是说人穷志不穷吗？"

母亲叹口气幽幽地说："村里都流行一句话，现在的社会笑贫不笑娼嘛。"

柯玲像坠入了云里雾里，心里说，这世界到底怎么啦？

那个我也喊大哥的人

　　那时姐正和姐夫谈恋爱，我便随姐一道去姐夫哥家玩。姐姐和姐夫哥出去了，屋内静静的只剩下我一个人。我不敢多走动，就坐着望桌上那两个青花瓷瓶出神。这是几间在山顶上的老屋，木板门年深日久已朽坏，进门就是厨房，再由厨房进到这间屋，这间屋子靠里有一个门，里面黑漆漆不知有什么。

　　不知姐姐他们去哪里了，我百无聊赖地站起身来，望着窗外蜡黄的天，靠窗的丝瓜叶已泛起了黄斑，在风中摇摇晃晃。

　　姐姐，你为什么还不回来？

　　我开始在屋里走动，又坐下慢慢吃桌上的瓜子和花生。窗外的天开始黑了下来，我想哭，怕天黑净了姐姐也不回来。

　　抬头望着靠里那门，我突发奇想：姐姐是不是回来了故意躲在里面不出来？

　　便想进去看看。

　　跨进那门，一股幽幽的霉味扑鼻而来，屋里昏昏暗暗，有些阴森。我睁大眼睛准备寻找点什么，一个声音似从九天之外飘来，让我惊出一身冷汗。

　　"九妹……"

　　"九妹，我知道你是九妹……"

　　我定了定神在屋里寻找那发出声音的地方，靠里的墙角下，一盏微弱的煤油灯映着小床上一个男人的脸，那脸明显的苍白，和后面那蚊帐一样的苍白。

　　"九妹，知道我是哪个？"

　　我突然想起，听说姐夫哥有一个残疾大哥，整天只能待在床上。为这件事娘还跟姐姐怄了一场气呢。

"九妹，我知道你今年九岁。"那人说完咧嘴一笑，露出洁白的牙齿。

我怔怔地，半天才说出："你是大哥……"

"我早就知道你了，原来你也知道我……"大哥又笑了起来。

我不再恐惧，觉得这个大哥待人挺好。

"大哥你看的什么？"我盯着他手里一本泛黄的书。

大哥递了过来，这是本《钢铁是怎样炼成的》。

听说大哥是在附近矿上拉煤车弄断了腰椎骨，虽捡了半条命，却从此再没有站起来。大哥以前下矿辛苦挣来的钱都用于家庭开支，弟妹读书，自己快成家了却被命运抛弃。他一瘫痪就是十几年，天长日久家人也累了烦了。十几年大哥整天吃喝拉撒睡都在这昏暗潮湿的小屋里，没再见过门外的天。床边地上堆满了书，封面上的字我大都识不完。

我突然发问："大哥，你想不想到门外边去看看？"

大哥眼睛忽地一亮，继而又暗下去："我动不了……"

我蓦地觉得大哥好可怜，我真的好想好想把大哥背出去看看外边有云的天有庄稼的地，让他吹一吹田坝里轻轻柔柔的风。可我背不动大哥。我又想那些大人为什么不这样做。

外屋有了响动，大概是姐姐和姐夫哥回来了。大哥赶紧示意我快离开，又忙说家里没人的时候九妹你多来玩。

我当时并不知道大哥为何那样慌慌张张，后来才明白家里人不喜欢他和客人说话，贫寒的家中有个拖累似乎更不光彩。

后来我外出读书离开了家，好多年再也没有去过姐夫哥家，当我自己好手好脚在大街小巷山上坡下奔走跳跃时，我便常想起那么多年依然一直禁闭在那阴暗潮湿的小屋里的大哥。再后来就听说大哥死了。大哥唯一的遗物就是十几本厚厚的手稿，还有他不知为何给当时国家主席华国锋的信，这是让所有人一无所知又万分惊讶的。再再后来有读过大哥手稿的县里作家称它们满有才气。于是有人建议姐夫哥家是不是把这些东西投到哪家刊物去试试。姐夫哥家的人当即否定：人都死了，还瞎操那些心干吗？

从此再也没有人提起过这位我也喊大哥的人了。

那是一个下雪的夜晚

　　那是一个寒冬腊月的深夜，很少下雪的我的家乡也飘起了鹅毛般的大雪。睡觉前，父亲就对母亲和我们姐妹几个说："警醒点！"

　　我们当然明白父亲那话的意思，家里的几间茅草屋经历了多年的风雨已摇摇欲坠，父亲和母亲一直商量着等攒够了钱就到山背后的竹林里建几间土墙瓦房，土墙瓦房就成了我们全家人的一个梦。吃饭的时候，大家讨论得最多的也就是关于土墙瓦房的话题，可要攒够那一笔钱对于当时只靠挣工分吃饭的父母来说是一件艰难而漫长的事。于是父亲就用很多大木棒将那随时都有可能倒塌的土墙支撑起来，并嘱咐我们要随时警醒点。

　　雪越下越大，睡梦中，父亲急促的惊呼声将我们惊醒，然后我听见了墙上的泥块往下掉的声音，姐姐们已在母亲的指挥下跑出了屋，母亲从床上将我抱起往外奔，泥块下掉的声音越来越大。

　　"粮食——粮食——"母亲和父亲几乎是同时喊了起来，父亲转身冲进黑暗里，要知道，那一坛子粮食是我们全家一年的口粮，也是我们全家生存的根本。母亲几乎是将我摔到地上，转身想往里面冲，这时的父亲已将那笨重的瓦坛搬出屋放在雪地里，全家人便长长地松了一口气。屋外正是银白一片，那一刻，从热被窝里出来的我们才忽然觉得出奇的冷并开始打战，几个姐姐跺着脚，母亲舒了一口气说："只要人和粮食不受损就没事了！"

　　我们全家便站在雪地里抱成了一团，相互安慰相互取暖。也不知过了多久，屋子并没有倒塌，也没了掉泥块的声音，父亲才探头探脑侧耳细听，当他确认没有问题时，才说进屋继续睡觉吧。

父亲准备将那一坛粮食搬进屋，在屋外的一片银白里，父亲搬了一下那坛子竟纹丝不动。父亲又使劲往上提，那坛子还是纹丝不动，父亲又喊来母亲帮忙，两人抬了一下，那坛子竟只挪了一小点距离，最后是大姐也加入到其中，那坛子才缓慢地搬进了屋。

　　多年以后，一直记得银白的月光下银白的雪地里我们全家抱在一起的场景。后来，每每谈及此事，母亲就说真奇怪，当时父亲真的就是一个人将那一坛子粮食搬了出来，后来为什么三个人一起搬还觉得有那么重呢？

郑佳好的春天

这已是临近年关的最后五天。

大街上无处不是张灯结彩，寒冷的天气也因了这些灯和彩而显得暖意融融。郑佳好便在这寒冷的夜晚行走在充满暖意的大街上，步子是那样急匆匆。

渐渐地，他远离了喧哗的大街，远离了那暖意融融。前面的路越来越静也越来越绿树成荫。这里似乎便是沙漠里的绿洲、闹市里的净土。

这便是香颂园别墅了。里面虽然也有节日的气氛，但更多的却是高贵与宁静。

这就是所谓的贵族小区？郑佳好的眼睛有些湿润，心底里涌出一股淡淡的酸楚来。

这个从农村出来的小伙子，毕业于一个还算名牌的大学。当年考取大学那一刻，全村的人为之振奋，也让一辈子生活在这个村里最远只去过县城的父母脸上有了太多的光彩。那是怎样的一种光彩啊！郑佳好就这样带着全村人的希望靠着父母养各种牲畜换来的钱念完了大学。本以为出来可以找到一份很好的工作，可现实是残酷的，先后走了好几家公司都因自己经验不足、专业不对口而不得不离开。到最后连生计都成了问题。郑佳好很清楚，自己在这座举目无亲的城市里要想生存也不是那么容易的事。

后来应聘进了一家销售保健品的公司，这个公司虽然主要是靠销售提成，但多少也有些底薪，这至少让他的基本生活不会有太大的问题。

在香颂园门口，郑佳好被保安拦住了去路，保安的神情有些盛气凌人。这里的保安很精，他们可以从气质上去判断来这里的人的身份。除了这里的业主，只要是来这里的，大多都开着豪车。当然平时也有一些送家具的收废品的，这得事先让业主通过物业管理中心的监控通知保安才可以进去。郑佳好既不是送家具的也不是收废品的更不是开豪车的，这就让保安对他的盛气凌人理所当然。

"你找哪家？"保安的眼睛是从上往下看的。

郑佳好说："我找罗振华董事长。"

"他住几栋？"

郑佳好说："我不知道。"

"连几栋你都不晓得，你还来找他？"保安的语气有了明显的嘲讽。

郑佳好在心里暗暗骂着：你他妈的狗眼看人低，等老子住上别墅的时候你来给老子看门老子还不要呢！

郑佳好强压住心里的火气，递过去一支烟："我是他的员工，我有急事找他呢。"

保安看了看烟的牌子往耳朵上一夹，转身走进保安室拨通了可视电话，然后又伸出头来说："罗董事长问你叫什么名字？"

郑佳好说："你就说是销售部的郑佳好。"

保安说："你进去吧。"并用手指了指方向也告诉了他罗董事长住几栋。

郑佳好就沿着路标走在光线不太好的小径里。这是一个标准的贵族别墅区，据说这里面住的不是企业家就是大贪官。第一次走在如此高档的小区里，郑佳好心里除了酸楚就是悲凉，这让他想起了父母，自己毕业出来这长时间，连自己的温饱都解决不了，何谈去孝敬年迈的父母啊？

眼前就是罗董事长住的别墅。一个偌大的庭院，一幢三层高的房子，每一个房间里都透出安静而祥和的光来。郑佳好听见了院子里汩汩流动的水声，那是从一座假山上流下来的。按响门铃，出来开门的是一个年长的男子，郑佳好说："大伯，我怎么称呼你呢？"男子说："我是这里的门卫兼花工，你就叫我老张吧。"走进院子，郑佳好才发现这个院子真的太大了，左边是各种花草树木，右边是种的青菜萝卜。

跟着老张进到屋里，罗董事长正和妻儿在看电视，郑佳好赶紧做自我介绍："罗董，你可能不认识我，我是销售部的郑佳好，才来不到半年……"

罗董事长挥挥手说："坐吧。"

郑佳好说："不坐了，我来主要有一件事，就是我今天在数我的提成款时发现多了一百元钱，不知是不是财务上的人因为忙数错了，因为我是回到宿舍才数的，所以就及时地赶过来了，财务上的人都下班了，我明天又得急着回老家……"

郑佳好的话还没说完，罗董事长瞪大眼睛从沙发上站了起来，他没有想到眼前这个年轻人会朴实无华到这种程度。罗董事长几步走过来握住郑佳好的手，说："多好的小伙子啊，这一百元钱不用还了，你这种精神就让我感动不已我们公司需要的就是你这样忠心耿耿的人啊！"

罗董事长拉着郑佳好坐下，吩咐保姆给郑佳好倒水，主动问起了郑佳好的家庭情况，并问起他是在哪个学校毕业的。郑佳好小心翼翼地回答完并执意将那一百元放在茶几上说："不该我的我一分也不会要，这是做人最基本的原则。"

郑佳好起身向罗董事长一家告辞，罗董事长亲自将郑佳好送到大门口并拍了拍他的肩膀说："小伙子好好干，前途无量啊……"

那一刻郑佳好眼里竟浮起些许水雾来。

郑佳好被人事部通知去谈话是在春节后上班的第一天，人事部的经理说："小伙子真的不错啊，才来不到半年就被董事长亲自点将了。"

郑佳好当上销售部经理后让全集团的人刮目相看，郑佳好也由此努力工作，整个集团的业绩也在不断上升，两年后，郑佳好坐上了集团总经理的宝座。

再后来郑佳好有钱了，这钱当然也有从集团里经过不太光彩的手段弄来的。他悄悄买了郊外的别墅，并将乡下的父母接了过来。

五年后，郑佳好娶了集团里最漂亮的女子做老婆。这正是一个春天，婚礼当天，董事长亲自为他们主持了婚礼，并在会上说佳好是最有前途的员工也是公司最忠心的忠臣。

郑佳好喝得酩酊大醉，在美丽娇妻的搀扶下进了洞房。

郑佳好对新娘子说："老子也住别墅了，老子也有这一天，你知道吗？这些都是老子用口袋里一百元钱换来的，那是老子自己的一百元钱……"

新娘子竟听得一脸茫然。

天无绝人之路

双全在府南河边徘徊已整整一天了，饥饿像虫子一样噬咬着他的每一寸肠和胃。他眼前无数次地出现过一锅热气腾腾的猪肉萝卜连锅汤，那是他的最爱。以前每年冬至那一天，妻子定会炖上一锅猪肉萝卜连锅汤，从白雾升腾的汤锅里夹起肥瘦兼半的肉片再蘸上红通通辣乎乎的七星椒，抑或伴二两老白干，那简直是人间美味，人家说人间美味是鱼翅燕窝，而双全则说是猪肉萝卜连锅。当然，双全没见过更没吃过鱼翅燕窝。

双全很响地吞了一口唾液，想起自己的妻女，他的心就有一种说不出的痛。那天，妻子将他的行李收拾好，在他脸上亲了一口说，出去挣了钱别花心，要想着我。又教五岁的女儿说要爸爸想着家想着菲菲（女儿的名字），然后妻子就端上了一锅热气腾腾的猪肉萝卜连锅汤。双全深知，妻子把他的外出看得十分隆重，因为结婚这么多年来，夫妻俩守着一份薄田男耕女织，夫唱妇随，日子虽不宽裕倒也其乐融融。

可人总会思变，眼睁睁地看着村里那些男男女女先先后后外出挣了钱回来修房造屋，生活发生着质的变化，妻子眼热了，双全更是心发慌。在商量再三后，决定由双全打前战，等有了好工作挣了钱就把妻子和女儿接到城里去。双全听说在九眼桥好找工作，于是在到达成都后就直奔九眼桥。九眼桥劳务市场当然是人山人海，找工作的比要人的多得多，双全就跟着大家一起在路旁一个小摊上吃两块钱一盒的盒饭，晚上又去附近敬老院睡三块钱一晚的地下仓库。日子就这样过去一周，身上的钱也花光了，可工作还是没着落，双全的心里真是慌得不行。在劳务市场上，只要看到有要人的来找人，他就会拼命往跟前挤，可没想到这找工作的人也拉帮结派一窝蜂地往前涌，他双全力单体薄根本不是人家的对手。

双全已饿了整整两天了。

寒冷的风吹到脸上，他的心底升起了从未有过的绝望，他想如果还找不到工作，就只有被活活饿死。如果回去，可是连路费也没有，他更无法面对对自己寄予厚望的妻子和女儿，想起这些，多年不曾流过的眼泪竟从眼眶里奔涌而出，从没出过远门的他没想到出门在外竟是这般艰难，望着流动的府南河水，他真想跳下去解脱自己。

府南河边来来往往的人们没有一个人注意他，看着城里的男男女女一个个衣着光光鲜鲜，双全就想别人的命咋就那么好。想想妻女，看看自己的现状，他狠狠地骂自己没有出息，绝望的他真的就闭上眼睛想象跳进冰冷刺骨的河水的感受。

忽然，一阵吵闹声从旁边传来，双全睁开眼睛，原来是一个小女孩落水了，一个老太太拼命地喊，岸上的人拼命在跑，双全再一次闭上了眼睛跳下河去……

双全醒来的时候已躺在医院里了，洁白的床洁白的墙让他有一种恍若隔世的感觉，长这么大还是第一次在这么干净舒服的地方睡觉，周围的人见他醒过来了，摄像机和话筒便对准了他。

"请问你在跳下去救人那一瞬间是怎样想的？"

"虽然最终救起小女孩的不是你，但你是冒着生命危险跳下去的，你的所作所为是大家的榜样，请你为大家讲几句话……"

双全睁着怯怯的双眼四外张望，然后用怯怯的声音说了一句："我想吃饭。"

于是有面包和矿泉水来了，双泉不顾一切地狼吞虎咽，满屋子的人就看着双全将五个面包两瓶矿泉水在很短的时间内消灭光，双全全身有了劲。

有一个小学生模样的小女孩忽闪着一双水灵灵的大眼睛问："英雄叔叔，你的最大的愿望是什么？"

双全依然睁着一双怯怯的眼睛望着小女孩："我想有个活路（工作）干。"

被救女孩的父亲赶来了，有人给双全介绍说这是某家房地产公司的老总，老总紧紧握住双全的手说："虽然最终是消防人员救起了你和我的女儿，但当时敢跳下去的只有你，你的精神感动着我，也感动着这个城市，以后你就来我这家公司吧，只要你愿意，想待多久就待多久。"

双全就想，当初跳下去的时候是在闭着眼睛等死嘛，真是天无绝人之路。

梯 子

　　灵芝在鲜花如云、掌声如潮中为几个影迷签名后匆匆上了一辆在一旁等候已久的宝马轿车，身后传来无数追星族的尖叫声和哭喊声，还有几张小女孩贴着车窗玻璃悲伤流泪的脸。灵芝美丽得让人发颤的脸上毫无表情，她经历这种场面实在太多，习惯了影迷的追捧，也习惯了高高在上。

　　车子好不容易才脱离了人群的包围，驶出繁华的闹市区，继续缓缓前行，映入眼帘的是郊外满眼的绿，其时正值初夏季节，路两旁是叶子绿得泛光的柏杨树，远处水田里的秧苗蓊蓊郁郁绿毯一般，三五只蜻蜓在空中上下翻飞，衬着如血一般的残阳，形成一道如画的风景。

　　灵芝几乎被眼前这一切惊呆了，要知道，对于长年累月在各地奔走拍戏的她，欣赏景区风光应是家常便饭了，可这种远离市区远离游人纯粹的乡下风光已成为一种奢侈。多年以来，灵芝的心还从来没有如此被触动过。

　　"灵芝小姐，这郊外有一个农家小院，想让你去住上两天，你看如何？"经纪人在一旁说。

　　"哇——太好了，"灵芝孩童一般叫了起来，"真好，是谁这么了解我的心？"

　　"就是你做代言人那家房产公司的冯总呀。"

　　车子缓缓驶进了小院，这是一个雅致的小院，周围都是庄稼地和农田，灵芝看清了，这当然不是一个普通的农家小院，里面的陈设绝不亚于三星级宾馆。

"这是冯总专门精心为你设计的，没有人知道这个地方，也没有人会来打扰你，一个绝对的世外桃源，只要你高兴，以后就可以经常来这里住住。"

灵芝嘘了一口气，看来冯总倒是一个有心人，居然能看透灵芝骨子里的东西。

冲洗完毕，灵芝来到二楼花园阳台上，这是一个植满牛膝草和青蒿的花园阳台，萋萋青青的已有半人深。灵芝不太喜欢城里人居住的别墅群，人工修饰得整整齐齐的花草，人工铺出的路面，没有一丝自然美。灵芝太喜欢这种充满野趣且宁静的与世无争的地方。田地里湿润润清爽爽的泥土和青草的芳香漫进鼻翼，然后再进入到胸腔。

"我简直醉了。"灵芝禁不住自言自语。

"那你就在这里多住几天嘛，农村空气都这样新鲜。"随行的保姆是从江西农村来的，她一边在阳台上晾晒着灵芝换下的衣物一边对灵芝说。

灵芝扭过头笑笑："整天不是拍戏就是应酬，是应该回到大自然中来洗涤一下了。"

灵芝对经纪人、化妆师、保姆、驾驶员、保镖说："你们都到楼下去休息吧，我想一个人在这儿坐一会儿。"

空旷的农田，清风飘拂的庄稼地，寂静无声的小院。

灵芝远眺夕阳下远处黛青色的群山，心再一次醉了。

突然，灵芝的脚边一阵响动，一只黑黢黢、脏兮兮、皱巴巴的手从牛膝草中伸了出来，一把抓住了旁边绳子上晾晒的胸罩。

灵芝捂着嘴差点叫出声来，心也怦怦直跳，她看清了，草丛里蹲着一个衣衫褴褛的老头，正睁着一双惊恐的眼睛望着灵芝。灵芝脑海里迅速地闪现两个词语：神经病和变态狂，专门以偷女性内衣内裤为乐趣的变态狂。不管是神经病还是变态狂，凭灵芝一个人的力量是无法应付的，唯一的办法是赶紧喊人，特别是那两个身强力壮的保镖。

那老头蔫皮球一般从草丛里滚了出来，趴在地上将头磕得砰砰直响："我一直以为你们有钱人的东西可以卖个好价钱，我是从四川老家出来打工的，钱用完了还没找到活干，儿子死在工地上了，工头又跑了，我要打官司，又没钱，还要吃饭，我一直以为你们有钱人的东西可以卖个好

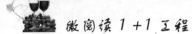

价钱……"

老头起身跑到墙边准备往下跳，灵芝伸手拼命拉住他脏兮兮的手。老头又从地上滚回来趴在地上磕头："我一直以为你们有钱人的东西能卖个好价钱，我是从四川老家出来打工的，钱用完了还没找到活干，儿子死在工地上了，工头又跑了，我要打官司，又没钱，还要吃饭，我一直以为你们有钱人的东西可以卖个好价钱……"

灵芝觉得自己的泪正顺着脸颊淌，眼前是一张惊恐无助、焦灼不安、破渔网似的脸。灵芝取下手上的钻戒塞到老头手里："老人家，这个可以当点钱，把你的地址，可以收汇款和信件的地址留给我。"

……

旷野里，风轻轻地吹，西方的天空美丽如画。

灵芝就看着老人那如杂草丛生的花白的头从阳台边的墙沿慢慢沉下去。灵芝看清了，墙边搭了一个梯子，一个用木条钉成的简易梯子。

 殇

幺娘凶，幺娘狠。

幺娘吵架三天三夜声音不嘶哑。

幺娘嫁给幺爷的第二天，便因打破了一面小镜子而大干了一场。幺娘骂，幺爷便挥着铁锤般的拳头狠砸，骂得越凶，砸得越狠，砸得越狠，骂得越凶，谁也不相让。

以后幺娘和幺爷便大吵三六九，小吵天天有。幺爷是石匠，有的是力气，只是不多吭声。幺娘亮开嗓门，十村八里都听得见。幺娘也常叹自己命苦，嫁个男人手比铁锤还硬。幺娘有时也一把鼻涕一把泪，只是和幺爷干架时面不改色心不跳。

儿子一天天长大，幺娘和幺爷的战争有增无减。村里有人外出打工，幺爷一恼便扛了钢钎二锤跟人走了。

村里来了弹匠在挨家挨户吆喝着弹棉絮，几天后，弹匠来到了幺娘家，幺娘留下了弹匠。弹匠挥着弓敲得梆梆响，幺娘便去煮老腊肉，吃饭的时候弹匠便盯着幺娘看，幺娘想凶却莫名其妙地面红耳赤。

"真香，这腊肉。"弹匠说。

弹匠弹好棉絮，幺娘用手摸摸，用棉絮在脸上擦擦。

"粑和得很。"幺娘说。

弹匠的手就搭在幺娘肩上，幺娘想凶，可幺娘的心跳得厉害。

"粑和得很。"幺娘又说。

幺娘就想起了幺爷那铁锤一般的拳头。

幺娘又抱出一床棉絮，弹匠又将弓弹得梆梆作响。幺娘便杀了一只肥母鸡，打了一瓶烧酒。

弹匠喝得醉眼迷离，手便在幺娘胸前爬动。

"还给你弹棉絮。"弹匠说。

"好粑和呢。"幺娘说。

弹匠在幺娘家一住就是好些日子。

弹匠终于走了，幺娘便痴痴呆呆好一阵。

村里有了关于幺娘和弹匠的闲话。

幺爷回来了，还没进屋耳朵里便塞满了闲言碎语。幺爷钢钎二锤一扔，拳头狠砸在幺娘头上。

幺娘破例不吭一声，任凭幺爷拳打脚踢精疲力竭。

天上无星无云无月，风吹过原野，拂过河流，拈动树叶。

幺娘半夜拖着伤痕累累的身子偷偷爬出小屋。

次日晨，小河里浮起了幺娘的尸体。

消息传来，幺爷先是呆呆地不说话，然后发疯般冲了出去，在河边抚着幺娘的尸体大哭了一场。

幺爷就用那很粑和的棉絮盖在幺娘身上。

娘姐姐和我

娘对姐说："难得人家赵家看上你，赵家有钱咱家穷，招来多少人羡慕多少人嫉妒，你是赵家未来的儿媳妇，现在去他们家就得表现好些。"

娘说话时眼中有泪。

爹死得早，娘为拉扯我和姐实在不易。娘又说："只要你今后能过上好日子，娘死后也心甘。去赵家多住些日子再回来吧，今后过了门就不再那么随便了。"

姐拉着我的手翻了一山又一坳，过了一坡又一坎终于来到了赵家，赵家住小洋房，屋内家用电器样样齐全。姐生性乖巧勤快，是远近皆知的好姑娘。赵家母亲对于我和姐的到来当然是欢喜得不得了，苹果梨子糖放了一桌子。姐望了那又大又圆的苹果出神，趁赵家母亲转身，姐说："玲儿，娘这辈子可能没吃过这么大的苹果呢。"我说："姐，我们给娘揣两个回去吧。"

姐点头。

晚上，我和姐躺在弹簧床上，窗外如水的月色漫进屋，照着屋内堂皇亮丽的家具。姐望着屋顶泪光滢滢，我说："姐，你福气好，找了个这么有钱的婆屋，将来吃的穿的不用愁。"姐叹气，半天不说话，许久又隐隐抽泣。

姐说："玲儿，娘这辈子怕是没见过这种设备，娘要能来躺躺这弹簧床该多好！"姐又说，"娘这辈子苦呃。"姐侧过身子抱住我将脸贴在我的脸上，顿时我脸上湿漉漉一片。

第二天中午吃饭时，赵家儿子买回了鸡爪鹅翅一桌子好菜，赵家母亲一个劲往姐姐碗里夹菜，姐慢慢地啃轻轻地嚼，眼中却一片晶莹。

吃晚饭前，姐塞给我一张方巾，我懂姐的意思，上桌时我便趁别人不注意夹了好吃的往方巾里包，弄得我满手满衣都是油。

东西放在我们提来那包里。晚上睡觉时，姐眼里溢满了兴奋，说带回去让娘好生尝尝，娘这辈子青菜萝卜吃了不少，等自己结了婚也带娘来睡睡这弹簧床。

这一夜我和姐睡得特别香。

次日晨，我和姐同赵家告别，赵家母亲拿了套衣料要往姐包里塞，姐死命拉住包不要那衣料，我在一旁吓得脸色惨白。赵家母亲生拉硬拽抢过包，当她拉开包时，我们三人都睁大了双眼。

后来，姐没嫁给赵家儿子，被娘狠扇了一记耳光。

我们娘仁抱头痛哭一场。

# 那太阳

太阳在头顶上泛着白光。癞五坐在屋背后那块被烤得滚烫的石头上，那癞得光秃秃的头顶也泛出白光来，汗水从他那肿泡泡的三角眼滑到下颌，再滴到紫红色裸露的上身，蚯蚓一般爬行着。

"呸！"癞五朝那盖着参差不齐石棉瓦的屋顶吐了一泡口水，"烂柴！"

癞五知道自己的婆娘又在屋里搽雪花膏，癞五闻不惯那股闷臭闷臭味，癞五说闻了就想作呕。婆娘就说见了癞五那癞头顶才想作呕。癞五还知道婆娘穿了那件绿艳艳的丝绸汗衫，领子开得很低，露出大半部分胸部，那是庆西当着癞五的面将那件衣裳送给婆娘的。癞五常常咬牙切齿，癞五常常想揍庆西，可癞五一直不敢这样做，村里没有人敢揍庆西，周围好几个村的人都怕被庆西揍。

癞五就看着婆娘走到院子里然后打开篱笆墙，那个绿艳艳的身影就消失在翠竹绿树掩映的小路上。

癞五下意识地紧了紧手中的弯刀。

"烂柴！"癞五的胸脯开始起伏，血也在往脑门上涌。

癞五用手在脸上抹了一把，眯了那三角眼望着婆娘离去的方向。他知道婆娘去了石坳口那个小茶屋，那茶屋是庆西开的，常聚了些三教九流喝茶赌博，庆西身边常带了些袒胸露背的女人。

癞五就恨恨地骂起自己的秃顶来，这秃顶是他曾祖父传下来的，一连几代最后传给了他。婆娘倒有几分姿色，可婆娘嫌弃他，常当着他的面和庆西眉来眼去。

癞五眯缝着眼睛望望头顶火辣辣的天，他便猜想婆娘已翻过了高顶坡到了那石坳口，然后见到了那个庆西，然后……

癞五霍地从地上跳起，手里握紧了那柄弯刀："老子干你的婆娘！"

癞五翻着脚板朝村里冲去。

癞五知道庆西的婆娘现在一个人在家，癞五就越想越发疯。

庆西的婆娘就坐在屋檐下奶孩子，半低着头，头发散乱地盖在额前，脚边是一片晒得薄薄的高粱米。

癞五就想着那茶屋里发生着的事，癞五便在泛白的阳光下开始解自己的裤带。

"老子干你的婆娘！"癞五两眼充血，眼珠子似要跳出眼眶。

庆西的婆娘抬起头，目光正与癞五肿泡泡的三角眼相撞。癞五就看着那眼中先是一份惊诧，然后便涌出许多无奈与悲哀来，继而化作一片苦涩，那苦涩如一杯黄连水慢慢渗进癞五的心里。癞五的秃顶将火辣辣的太阳光反射回去，癞五提了裤子握着弯刀转身向茶屋奔去……

庆西的左臂就在癞五的刀下落地。

公判大会那天，人压人人挤人，癞五被压在台子上，恶毒的太阳光将癞五的头撞得哐当作响。癞五隔着老远的人围找到了庆西的婆娘，她依然抱着孩子，癞五依然看到了她眼中的苦涩，癞五就朝那婆娘苦笑。

多年以后，石坳口多了一家小店，生意兴隆，店主就是癞五，还有庆西的婆娘。

心 祭

那年，我七岁。

那是一个很冷很冷的冬季。由于父亲得了一种怪病，需要用刚出生的乳狗包上稀泥放在火堆里烧熟后蘸酱油吃。据说这种偏方百分之百有效。由于家中缺少劳动力，父亲又长年累月病恹恹的，母亲被家庭的重担压得心力交瘁，于是全家人便巴望着家中那条老黄狗尽快下崽。那狗是为我们家守了好几年屋的"忠臣"，和家里每个人的感情都特别深，一旦家人从外边回来，那狗便抖动着全身褐黄的绒毛，摇着尾巴冲上来，将前腿搭在人的肩上，嘴里发出呜呜的声音并舔着人的眼耳口鼻，常常要人吆喝方才离去。

全家人便眼望着那狗的肚子一天天大起来。母亲说，那狗肚子大，定会下好几条狗崽呢。父亲也眨着黄肿泡泡的眼睛说，快了快了。我们姐妹几个也跟着说快了快了。

那些小狗便在一个打霜的夜晚呱呱坠地，全家人都兴奋地听着小狗们那咕咕咕的叫声。母亲带着我们姐妹几个拿着手电照屋檐下那个狗窝。寒冷的冬夜让人瑟瑟发抖，大狗将自己的身体盘成一个圈，五条粉嘟嘟的小狗闭着眼乱拱乱叫。大狗一边舔着身下可爱的小宝宝，一边望着主人摇尾巴，我们全家人似乎就看到了希望。

第二天，母亲让我将几条小狗提到山背后的水田里去淹死。我来到狗窝前，大狗正用自己的母体温暖着几条小生命，一副悠然自得的样子。

我伸出手去捉那几条小狗，大狗先是一惊，然后朝我摇尾巴，又用舌头舔我的手，我心里蓦地一颤。

父亲站在我旁边，说吃了就会好，好了就可以干体力活了。

我迅速将几条小狗放进竹篮，赶紧往山背后跑，小狗不断咕咕咕地乱叫。忽然，大黄狗冲到我面前，拼命将前腿趴在篮子上，我躲开大黄狗从岔道跑到水田边，又迅速将几条小生命倒入水中。

　　几条小生命便在寒冷的水里咕咕咕地沉沉浮浮。

　　突然，大黄狗从麦地里俯冲下来，"扑通"跳入水中，开始用嘴将小狗一个一个地衔上岸，湿透了全身的大黄狗呜呜地哀叫着。我的心一阵紧缩，泪在眼眶里打转，我又想起了父亲。小狗又一条一条被我重新放入水中，大黄狗呜呜地朝我哀叫，前腿没入水中回过头用乞求的双眼望着我，那眼里分明汪着泪。见我无动于衷，又走过来舔我的衣服和手。望着水里不再动弹的几条小生命，我拥着浑身水淋淋的大黄狗大哭了一场。

　　父亲的病竟奇迹般地好了。

　　大黄狗不再像往常那般亲热人，见了我只是望一眼，待我走近，只无可奈何地摇两下尾巴。

　　多年以后的一个冬天，大黄狗被淹死在一个深水坑里，大黄狗的死令全家默然，母亲一个劲地落泪，父亲在屋背后挖坑将它埋了。

　　事隔多年，我常常忆起大黄狗。时不时又听说在大街小巷山上坡下有被丢弃的婴儿时，我便为我做那次残忍的"凶手"而深深懊悔。

爷爷的故事

奶奶是在十九岁那年嫁给爷爷的。

爷爷是宁隐镇上出了名的游荡公子，靠着祖上留下来的产业烧洋烟、逛妓院、进赌场、四处惹是生非。

爷爷是宁隐镇一带人见人恨却又无可奈何之人。

人们就诅咒爷爷总有一天会死在乱刀之下。

奶奶是一个通情达理的善良女人，她对爷爷的所作所为深感痛心疾首，奶奶曾苦口婆心规劝爷爷改邪归正，爷爷不但不听，反而变本加厉。奶奶没法，整日叹息落泪，伤感悲哀，渐渐地，奶奶原本秀丽的脸上多了皱纹和憔悴，爷爷就嫌奶奶不中看，更是日嫖夜赌，甚至将女人带到家中过夜。

家中的产业眼看被爷爷挥霍得所剩无几，家丁和仆人也先后离去，只留下奶奶从娘家带来的贴身丫鬟小香。爷爷的洋烟瘾越来越大，奶奶值钱的嫁妆也被爷爷偷卖得差不多了。日子一天天过去，家中已再无值钱的东西，爷爷毒瘾大发，眼泪鼻涕口水一齐淌，倒在床上一个劲地干号，用手扯自己的头发，挥着拳头在墙壁上狠擂。奶奶看着墙壁上留下的斑斑血迹，心就软了，便取下了手上唯一的玉石戒指去当铺当了换回洋烟。爷爷如饥似渴地抽了几口，终于平静下来，怔怔地望着奶奶泪流满面的脸，沉沉地叹口气说："是我害了你呀！"

奶奶就哭，捶胸顿足好半天，说这辈子不怨其他只怨命。爷爷握住奶奶瘦削的双手，凝视奶奶许久，眼里竟淌下泪来，咬牙说，不戒掉这毒瘾誓不为人！然后捧起奶奶的脸端详半晌，又轻轻地亲了一下。奶奶惊呆了，自结婚以来，爷爷从未如此对过奶奶，那一刻，让奶奶兴奋激动得心发颤。

善良的奶奶便暗下决心帮爷爷戒掉这恶习，好让爷爷重新做人重新开始新的生活。

这一夜，爷爷的毒瘾又发了，倒在床上哇哇乱叫，奶奶坐在床前不停地安慰爷爷。门突然被撞开，一个浑身是血的人倒在地上，爷爷也停止了号叫，瞪眼望着地上那人。来人抬起头，只说了一声"我是八路军"便昏了过去。

村子里响起了枪声，鬼子正挨家挨户搜查，奶奶知道八路军是好人，爷爷也听过关于八路军的传闻，此时不知爷爷从哪儿来的力气，霍地从床上跃起对奶奶说："你和小香带着此人从后门走，我来应付这里。"

爷爷三下五除二扒掉来人的血衣血裤，将自己的长衫罩在来人身上，让小香和奶奶搀着此人速速逃走。

鬼子已寻着血迹来到门口，爷爷估计奶奶他们已上了山路，便迅速将那血衣血裤罩到自己身上，门被鬼子撞开，爷爷此时才觉得毒瘾还在骨髓里爬行，伏在地上呜呜大叫。

就是他，抓活的！

鬼子喊了一声，无数明晃晃的刺刀对准了爷爷的脑袋。爷爷始终将脸贴在地面上一个劲地干号。

"你的，乖乖地投降！"鬼子操着生硬的中国话喊。

爷爷贴在地面磨蹭了半天，他盘算着奶奶他们可能已下山。一个鬼子抓住爷爷的后领提了起来，爷爷满脸满嘴淌着眼泪鼻涕口水。

"错了——"鬼子喊。

爷爷呼地挣脱开来，猛地抓起墙角的尿盆朝鬼子脸上掷去。

爷爷就死在了乱刀之下。

多年以后，奶奶理所当然地成了官太太，每每提及那个惊心动魄的夜晚，奶奶总是叹口气，幽幽地说："那个瘟哪，一生做尽了恶事，临死倒做了件好事。"

"他是英雄！"当官的男人说。

英明抉择

钟子安开门进屋的时候，妻子高八度的声音正迎面而来："我就不晓得你咋个那么笨，教了十遍还多，就是记不住！"

五岁的女儿正趴在台灯下数数，看到钟子安回来，妻子一腔怒火喷涌而出："我就不晓得别人家的孩子会不会是这个样子，十以内的加减法，靠小棒还能算得出，一旦离开小棒，她整个就是一糊涂虫！"

钟子安望望怒火冲天的妻子，又看看一脸稚气的女儿，不知该说什么。幼儿园的老师天天讲，明年就上一年级了，必须要让每一个孩子掌握十以内的加减法，不然到时孩子跟不上。班上好多孩子都已基本掌握，可不知为什么，妻子天天教，而女儿却一直发憷，有时妻子一着急会给女儿一个耳光，女儿因为怕而泪水盈在眼眶里而不敢出声，钟子安知道那一耳光下去，妻子比女儿还要痛，可又有什么办法呢？学习不好今后的就业问题怎么解决？

钟子安放下包的时候，妻子又在跟女儿说："你头脑里想着一边有五根小棒，拿走了三根还有几根？"

"还有四根。"女儿的声音很怯。

"教不出来的猪！"妻子再也克制不住激动的情绪，将小棒盒"啪"地扔在桌上，气呼呼地坐到床边开始抹眼泪。

钟子安开始淘米做饭，但他却不知该弄什么菜，他也弄不明白，平时看起来聪明可爱的女儿为什么就那么"笨"。也难怪妻子要生那么大的气，他知道，妻子更多的是担心女儿的将来。

第二天快中午的时候，钟子安的手机突然响起，电话是妻子打来的：

"子安啊，晚上早点回家哈，我有重大事情跟你商量。"妻子的声音里充满了久违的兴奋。

钟子安整个下午反复猜也没能猜出妻子究竟为什么兴奋，因为女儿的学习问题，家里的气氛一直不是太好。

晚上，妻子没有让女儿再数小棒，只是早早将女儿哄上床睡觉，然后满脸笑意地钻进钟子安的被窝说："我们可以不再让女儿那么苦了。"

"什么意思？"

"你仔细想想，读书也不是唯一的出路啊。人家某歌星上学时成绩一塌糊涂，最后连初中都没毕业，就因为模样乖歌声甜去酒吧唱歌，后来被一音乐制作人发现，包装出来轰动全国，接着又是当代言人又是走穴，现在身家起码上亿，不愁吃不愁穿。"

"你说这些起个什么作用啊？难道女儿就不读书了？"钟子安转过头去。

"你还不懂吗？"妻子欠过身子趴到钟子安身上，"咱也可让咱的女儿走这条路呀，反正成绩好点歹点也没什么，你看人家那些超女一夜就走红了，还愁没钱用？你以为那超女有多大个本事？还不是模样看得顺眼一点。"

钟子安哈哈一笑："你以为我们的女儿也能走那条路？"

"有什么不可以？与其花那么多钱去读书，还不如将那笔钱让她去做整容手术，现在那些明星有几个不是整容整出来的？我们家女儿只是眼睛细了一点，鼻梁塌了一点，只需要做个双眼皮再垫高一点鼻梁就可以了，再送去学个舞蹈音乐之类的，今后再找人包装一下，说不定就红起来了，到时你我就会有花不完的钱。"妻子越说越激动，两眼放光，好像眼前已不是钟子安而是堆积如山的金钱。

这一次钟子安没有再笑，而是起身燃上了一支香烟。妻子的话不无道理，想想隔壁张老头的女儿从小到大一直学习成绩名列前茅，到最后虽读完了博士，却成了高度近视，快三十岁了却连男朋友也没找到，不是高不成就是低不就。

钟子安在心里算了一笔账：女儿从小学上完大学，至少得花二十万，如果用这二十万给女儿整容和找关系出名，路子可能会顺一些，成功的概率也要大些。如果女儿真像超女那样一夜成名，那自己也不至于像现在这样窝囊。

想到这里，钟子安一把将妻子揽在怀里，心里说，这或许是一个英明的抉择！

雨生嫂

西皮进屋的时候，雨生嫂正低头切猪草，蜂窝煤灶上的红苕稀饭正"咕嘟咕嘟"地沸腾，三岁的儿子已在床上熟睡。

西皮就绕过雨生嫂背后坐在雨生嫂对面的小凳上，并从口袋里掏出几张肥料票来。

"今年肥料紧，我弄了几张票。"

西皮是生产队长，在村里有很大的权力。

"不要！"雨生嫂头也没有抬，继续切猪草。

西皮见雨生嫂不搭理自己，长长叹了口气："今天一是来给你送肥料票，二是……"

"不要，你拿回去！"雨生嫂依然不抬头。

"不急，你听我慢慢说嘛。"西皮不紧不慢地燃上一支烟，"今天我去了镇上，听人说你们家雨生在外发了，跟别的女人成了家……"

有两汪清泪在雨生嫂脸上滑落，几天前她就已经听到这种传言了。儿子刚出世雨生便出去闯荡，一去三年音信全无。雨生嫂常常望着早已会喊爸爸的儿子泪眼婆娑，她也的的确确有过某种预感，现在外面是花花世界，有几个男人经得起诱惑？

自从雨生离家后，西皮便隔三岔五地来她这里，雨生嫂有些反感西皮，她怕村里人说闲话，更怕对不起雨生。

雨生嫂想不通，自己带着儿子山上坡下田间地里一天干到晚，等来的竟是雨生的这般绝情。

蜂窝煤灶上的稀饭依旧"咕嘟咕嘟"，雨生嫂将脸埋在两条腿间嘤嘤地哭泣。西皮坐在凳子上一支接一支地抽烟，唯有沸腾的稀饭声音格外响。

西皮说："既然如此，还哭啥？饭要吃，孩子要带，庄稼要种，有啥困难打声招呼，能帮的我就帮一把。"

西皮望望伤心欲绝的雨生嫂，站起身来："我走了，想开点!"

西皮就跨出屋。

"等一下!"

西皮站住转过身，雨生嫂说："我想不通。"然后泪如雨下，"我这几年在家苦撑苦熬，没做过半点对不起他的事，他这没心没肝挨雷打火烧塞桥洞的乌龟王八蛋……"雨生嫂呜呜大哭起来。

西皮走近雨生嫂，用手背为她擦拭泪水，雨生嫂没有拒绝，泪流得更凶了，西皮又用手心擦，可那泪像决堤的海。

半响，雨生嫂的哭声小了些。

屋里的灯忽地灭了，只有蜂窝煤灶上"咕嘟咕嘟"的声音格外响。

数日后，有消息传回，说雨生是在工地上拆旧房时被倒塌的墙体压死的，施工单位半月前就发函到了村上，是西皮接到的信函。

雨生嫂就一阵晕眩。

雨 夜

四拐至今也还在想着那夜的大雨。

虽然已事隔多年，青石板村的人们似乎都淡忘了那个夜晚，可四拐依然想，如若不是那场大雨，窗外的芭蕉叶也就不会叭叭作响，自己也就不会在睡梦中惊醒，那个夜晚也就不会与一条人命相关。

四拐历来就有在床上醒着尿液就会剧增，膀胱就会膨胀，不断起床撒尿的习惯。但四拐从不尿床，虽然村里人对年龄像四拐这样的孩子尿床都保持一种宽容的态度。也许是天干得太久，也许是老天爷发怒了，那晚的雨在一阵电闪雷鸣后倾盆而下。四拐就这样在梦中惊醒，听着芭蕉叶上叭叭的声响竟有些害怕。四拐就想起在屋背后茅坑旁那一笼葱绿却有些神秘的乌鸦藤。越想心里就越害怕，越是害怕四拐就越觉得尿液在剧增，膀胱在膨胀。四拐闭上眼睛尽量转移自己的注意力，可越是转移注意力四拐越是憋得咬牙切齿。终于，四拐听见窗外芭蕉叶上的叭叭声渐渐小了。

雨该停了。四拐心想。

四拐就起床推开了后门，然后顺着墙根往茅坑里溜，凉丝丝的风吹动坑后那笼神秘的乌鸦藤，四拐心里有些发毛。

正当四拐在痛快淋漓的时候，突然看见对面小二家屋檐下有一个人影在动，四拐还看清了那个人正往屋外搬一件东西，四拐判定那是小二的父亲青石板村队长家的东西。四拐惊出一身冷汗夹着最后一滴尿液往屋里跑，惊魂未定的四拐听见了大哥在床上翻动的声音。"小二家出事了！"四拐说。"小二家有贼！"四拐又说。

这一次大哥听清了，大哥呼地起身操起门后的扁担往外冲，接着四拐就听见了大哥大喊有贼的声音，然后青石板村里呼声喊声叫声脚步声乱成了一片，四拐就缩在被窝里浑身筛糠。

四拐听见各种声音终于从队长家来到了村中央。二姐推门进屋抱起四拐。"出事了，"二姐说，"小二家抓了一个贼。"二姐边说边背着四拐往外走。四拐看见村中央的老槐树下马灯油灯手电亮成一片，男女老少将老槐树围得水泄不通。二姐抱着四拐往人堆里钻，四拐看清了那个被绑在槐树上的青年男人，他的头已被打破，血流下来沾在那件皱巴巴的白汗衫上，像一朵蔫蔫的鸡冠花。

"敢偷到老子头上来?!"小二的父亲青石板村的队长说，"有皮带的都拿出来。"队长又朝人堆里喊。于是就有三五个年轻人嚷着从家中拿来了自己的皮带。"抽死他!"有人喊。"抽死他!"许多人跟着喊。

队长将皮带抽在那人身上闷闷地响，那贼先是不吱声，后来终于忍不住惨叫起来。

"抽他，狠抽!"

"抽死他，狠狠抽死他!!"

于是队长又换了一根皮带，四拐听见人堆里有声音说先前那根皮带已断了。四拐听见那贼开始哼哼。队长大概抽累了，又叫了两个年轻男子换替抽，四拐看见那人终于奄拉着脑袋不再哼哼。又有人说那家伙在装死，真是可怜又可恨! 二姐说这里没戏了，旁边有小孩嚷着要睡觉，继而就有妇女抱着小孩离去，年老的人又相继离去。队长说，留下三五壮年男子轮流抽，警惕那家伙装死卖活溜了，拿了皮带又出了力气的每人奖励一元钱，这钱天亮了在队上会计那里领取。听说有钱领，七八个壮年男子便来了精神，四拐伏在二姐肩上看那槐树枝上的油灯终于亮成一条线。

四拐醒来的时候第一件事便听说那贼死了，还听说肠子也流了出来。四拐听得毛骨悚然，四拐就想象那人肠子流出来的样子是不是和猪肠子一样。后来四拐听说队长跟全村打招呼说不要把这事传出去，打死个小偷也是应该，是为民除害，然后就在村对面山坡上挖坑把那人埋了。

四拐远远地看着山坡上那堆新土，想着那猪一样的肠子就忍不住想呕。再后来四拐听村里婆婆媳妇私下里议论说那贼是村里刘寡妇娘家的堂表弟。因为队长曾夜闯刘寡妇的门被刘寡妇轰了出来，队长便因此找碴扣了刘寡妇的粮食，刘寡妇的堂表弟便伺机报复，没想到却搭上了一条性命。

四拐就常常看刘寡妇的脸，四拐并没有从刘寡妇的脸上发现点什么。只是有一天晚上因四拐闯祸为躲避老爹的打骂而跑到对面山上的时候，四拐看见刘寡妇正伏在坟前烧纸钱压低声音偷偷哭泣。

四拐就又想起那个该死的下雨的夜晚。

贞

"贞。"爹站在门外喊。

"爹，你来了。"

爹缩着个脑袋，脚上一双黄胶鞋已崩了口子。

"爹。"贞心里一阵难过。

"贞，爹都差点认不出你来了!"

"爹，你快坐。"

"贞，你弟考上大学啦!"

"真的?"贞差点跳了起来，贞看着爹那双浑浊的老眼里溢满了笑。爹的愿望终于实现了，贞一家祖宗八代都是农民，爹希望学习成绩一直名列前茅的弟弟能出人头地跳出"龙门"。弟弟能考上大学，这在贞的预料之中。

"一是来告诉你这个消息，二是来看看你。"爹说，"你好长一段时间都没回过家了，帮人卖衣服挺辛苦的吧?"爹的眼中充满了爱怜。

"爹!"贞的眼睛发潮，贞初中毕业后便辍学在家，后经人介绍到这小镇上帮人卖衣服。望着爹那颗几乎已褪尽毛发的光溜溜的脑袋，贞心里火烧一般痛。

"你弟开学要交几千块呢，我准备回去把耕牛卖了。"爹说。

"什么?"贞叫了起来，"爹，那可是你的命根子啊。"

爹垂下头叹口气，眼眼有些发涩，那是条伴了爹十几年的老牛，爹耕田时手里虽然握着鞭子却连动都舍不得动一下。

"爹，你不能卖牛。"贞说。

"你娘的老毛病又犯了，也要钱啊。"爹忽地扬起眉，眼里又充满了欢喜，"今年家里光稻谷就收了两千多斤，还可以拿一部分去卖呀。"

贞再一次落泪了，人为什么就生活得这般艰难呀？

爹要走了，贞从枕头下拿出一个布包递给爹。

"这么多钱，哪来的？"爹问。

贞扬起脸一笑，"这是从朋友那里借来的，先可以不忙卖牛卖粮。"

爹就走了。

夜幕降临的时候，贞又来到了那家按摩房，这家按摩房离她卖衣服的地方远，每到晚上，她就会走进去，在这里一天可以挣到她一个月的工资。可她已染上了严重的不为人知的病。

贞却不知自己还能活多久。

钟

那年那月，他被请到那所学校专门负责敲钟。

那时他还不到三十岁，家里甚穷，学校便给他十元钱一个月的补贴。

学校处在一座高山上，房屋极其简陋。那钟就挂在最末一间教室外的老槐树枝上，钟是由一方很大的铁块用粗钢丝穿了孔做成的，锈迹斑斑在枝头任风吹雨打霜雪侵蚀。一根三尺来长的铁棒敲上去发出沉闷的"当当"之声，学生们便随了这声音欢呼着跳出教室或慌慌张张飞奔进教室。

小学生们也理所当然喊他老师，虽然他一字不识，因为在学校里，除了几位教师外，只有他负责学校工作。

他便觉得自己很神圣。

他极其尽职尽责地遵守时间，敲钟的时间和该上下课的时间误差也顶多不过二十秒。只要他握了那根铁棒跨出办公室门，在泥操场里欢叫跳跃追打的孩子们便会大喊"上课啦"，继而稀里哗啦一窝蜂涌进教室，等他的钟声响起时，操场上的人已所剩无几，喧闹的校园顿时恢复了宁静。只要是敲下课钟，他总是显得那么沉稳有力，他深知，在教室里坐了四十五分钟的孩子们是多么希望听到这声音的响起。眼看着孩子们蹦出教室在操场上跳绳踢毽子丢沙包，他心里便一阵欣慰。如果说哪个班上体育课，他就立在槐树下或蹲在屋檐里看，常常会有几个学生跳到他跟前："老师，还有多久下课？"

孩子们在他面前特别规矩有礼貌，他们当然希望体育课的时间长些再长些。

他觉得自己在孩子们心目中所处的地位并不亚于他们的任课老师。

他的任务只是敲钟，但他也常去干些其他杂事。比如打扫清洁，修理学生板凳，挪一挪移开的石头课桌，放学后去检查一下教室的门锁了没，这一切也依然干得那么尽心尽力。

清晨，他便立在校门外望三五成群的孩子披了一身彩霞从远山上的羊肠小道上蹦来；下午，又目送他们穿一身落日的余晖消失在山脚下的田埂上。一年一年过去了，他目送了一批又一批的学生，学生毕业了回家务农或在外读中学，慢慢长高甚至超过他，见了他还毕恭毕敬喊老师，他额角的皱纹便在这时慢慢舒展开来。

后来学样给他添了五元补贴，他的头发已花白。再后来学校脱胎换骨变了样，也安装上了电铃声，学校又换了领导，敲钟的事便用不着他了。领导说让他回家休息，念他工作了那么多年，那十五块照给。

"不要那十五块还敲钟，行么？"他央求新校长。

"可电铃总比那破钟好。"校长说。

他蔫蔫地回到家，像是得了场大病，蒙头睡了几天几夜，继而又呆呆痴痴地坐着，好长一段时间就这样发闷发呆。

时间一天又一天过去，他终于忍不住了，重新来到了那个令他熟悉而又陌生的地方，一切都变了，唯有那槐树枝上的锈迹斑斑的铁钟还在，那是在停电时才偶尔派上用场的，他心里一阵难过。

放学了，他仍站在校门口目送那些学生消失在田埂的尽头。转回身来，他迅速跨进办公室，死盯着墙上那崭新的石英钟，操起那根三尺来长的铁棒，疾步走到老槐树下对准那石英钟狠狠一击，"当——"沉闷的钟声溢出校园在山野间回荡，余音袅袅，久久不消散。

作家与民工

小区里面有一户人家里在搞装修，几个民工正将一袋一袋的水泥往七楼上背。站在小区门口的作家就想，那一袋水泥起码有一百多斤。因为作家是从农村出来的，虽然已在城里安居乐业有好多年，但他知道背上背重担子的滋味，于是作家看民工的目光也就温软了许多。听说他们每个人背水泥按计件算工钱，民工们挥汗如雨，背着水泥跑得飞快，看着民工们被烈日暴烤过满是皱纹的脸，作家就想，或许每一个民工后面都有一个辛酸的故事。作家又想，不如今天来采访一个民工，说不定他背后的故事就是一个催人泪下的故事呢。

于是作家看准了一个叫艾得发的四十来岁的男子，就在他将一袋水泥从地上背起来的时候，作家赶紧上去帮忙扶着水泥袋子。

"麻烦了，大哥。"艾得发说。

"哦，没得关系。"作家明知道自己这扶水泥袋子的动作不起任何作用，这仅仅就是用手在空中划了一个弧形，也愧对于对方的谢意。

艾得发背着水泥上楼的时候，作家就跟在后面，不停地说："你慢点，你太累，你太辛苦……"

艾得发喘着粗气说："要吃饭啊大哥。"

作家赶紧接上话题："是的，我知道你们从农村里出来很不容易，挣点钱也很累，还要受到一些人的歧视，这很不公平，你们才是真正的城市建设者，我从内心敬仰你们！"

艾得发将水泥背上七楼，作家也跟上七楼，艾得发又将水泥放在空屋内，赶紧又往楼下跑，嘴里说："狗日的几个都快抢完了！"

作家就睁大眼睛看着那一大堆水泥迅速地被搬了个精光。

几个民工坐在树荫下歇凉，作家对艾得发说："给我说说你们背后的辛酸故事吧。"

艾得发说："什么辛酸故事？"

作家说："比如你的家，还有你的家人呀。"

艾得发说："我家里有一个上初中的儿子，还有老婆在家种地呀。"

作家又说："比如，你可以说说你儿子和老婆在家里遇到的各种事情……"

艾得发说："什么事情呢？老婆农忙的时候就想我回去帮一把，然后让我挣钱回去称盐打油交儿子的学费嘛……"

作家心里说，真不好沟通。

分钱的时候，几个民工眼里泛着喜悦的光彩，艾得发兴高采烈地说，今天的房租和饭钱够了，如果下午有活干，那就可以做存款了。

作家的计划没有完成，有些怏怏然。

愫愫的心愿

　　愫愫是那种生性乖巧的人，她凭借对文学的执着从一个普通的农家女孩走进了大都市并找到了属于自己的位置，后来又嫁了一个还算优秀的城里男人。

　　男人虽然年龄不大，在经商方面却有一种超人的天赋，于是愫愫在还不到三十岁的时候就住进了本市郊外最为豪华的别墅。男人总是宠着她，衣食住行都让她享受最好的，男人总是说应该好好补偿一下从小在农村吃过许多苦的愫愫。

　　愫愫很知足，她总是感激上苍赐给了她一个好丈夫，愫愫虽然环境变好了，但她从不奢侈。其他别墅里的女人们都整天忙着美容减肥健身打麻将，可愫愫依然白天上班晚上写作。

　　男人做生意在外边会有很多应酬，因此回家总是很晚。心地单纯的愫愫从来没有想过男人会在外边做什么对不起她的事，因为愫愫绝对相信自己的男人。

　　后来，愫愫学会了上网，在网上，愫愫和许多人聊得非常投机，于是就有人提醒愫愫说："你老公可能在外边有人了。"愫愫说："不会。"网上的人又说："完全可能会，不然他怎么每天回来那么晚？"愫愫说："他要谈生意呀。"网上的人又说："那就更有可能，现在谈生意不是在洗脚房就是在桑拿间，色情服务多的是。"愫愫说："我老公不是那种人。"网上的人说："是男人就逃不脱这些。"愫愫生气了，说："我老公是最特别的男人，是坐怀不乱的男人！"

　　愫愫真生气了，她不再理会网上那个人。后来又上网和其他好多人聊，在聊到自己老公的时候别人都以同样的方式提醒愫愫，说当今社会的男人是不可信的，甚至有网上的男人说："我敢千分之万地保证你老公在外过不了女人关，只有男人最了解男人。"

愫愫倒真担心起来。

愫愫心想，那些洗脚房桑拿间的女人身上不知有多脏，如果男人真去了那种地方的话肯定会染上淋病梅毒什么的。愫愫越想心里越不是滋味，浑身也开始不舒服起来。她赶紧去医院做了个检查，还问医生说如果一个男人去了那种色情场所，那他的妻子是否就有可能染上性病？医生分析说也不一定，那得看色情场所的女人是否真有性病，还有男人是否采取了保护措施，妻子和男人在一起时是否完全无保护。医生又说这个社会真是乱呀，没有一个男人他妈的可以抵挡色情的诱惑过得了女人关。最后医生递过来一张单子说目前还没查出什么问题。愫愫接过单子却没有显得太高兴，眼泪哗啦啦流了下来，因为她相信如果男人长期在那种地方混，自己迟早会染上病的。

愫愫就想，与其让男人去那种地方"冒险"，还不如让他在外面找个干净女人做情人，也免得染上病毁了大家。

男人进门的时候愫愫正在流泪，愫愫说："你去那种地方啦？"男人将愫愫拥在怀里，咬住愫愫的耳朵说："小傻瓜，你不要胡思乱想，有你我爱都爱不完，还会去那种地方吗？以后我尽量多挪时间陪你，只是不要胡思乱想。"

好些天，愫愫很是伤心。

又一天，愫愫将刚进门的男人拉进里屋，一本正经地说："我有话跟你说。"

愫愫说："与其你到那些洗脚房桑拿间去找女人，不如在外边去养个干净女人。"男人说："我什么时候去洗脚房桑拿间找女人了？你真是有病啊?!"男人话没说完就进里屋去了，愫愫眼泪又开始哗哗地流淌。

第二天早上，男人临出门，愫愫说："你找个干净女人做情人，我决不说什么，可你不准去那种地方。"男人一改往日的温存状，骂了声"神经病"就气呼呼地出门了。

星期天，愫愫去逛商场，正好碰见了一个气质优雅的女子和男人一起从街边走过，男人介绍说："这是恒丰公司的王总，这是我妻子愫愫。"

愫愫心里虽然酸酸的但却有一种兴奋，只要男人不去那种地方就好。

愫愫问男人："你和那个王总好了就没再去那种地方了吧？"

男人忽然大吼一声："你他妈真是个神经病！"

男人从未如此对待过愫愫，愫愫真的好伤心。

终于有一天，男人对愫愫说："我们离婚吧。"男人说，"说实在的，这么多年我在生意场上，虽然也进过那些地方，但从来没做过出格的事，因为我一直觉得有一个值得我爱且才华横溢的单纯的好妻子，我不应该亵渎这份感情，其他人都忙着养情人，而我觉得愫愫就是这个世上最好的妻子最好的情人，可你总是认为这个世上的男人都一样，整天纠缠不清，让人好累啊，与其这样，还不如分开过好一点。"

愫愫歇斯底里大喊一声，泪水像断线的珠子滑落。

白面馒头

父亲常常冷着眉眼立在校门口望那三五成群的男女学生从眼前走过，一脸庄严石佛一般。

父亲是在那个战火纷飞的年代被弹片穿了颈部面颊和下腹走过来的，父亲的职务是在学校门卫室看门。

父亲一年四季铁青着脸，面颊上那一横一撇的刀伤弥漫着几分阴郁与恐怖，整个学校的学生便在背地里喊他黑地雷。

"呸！"父亲朝楼上那忽明忽暗乐声阵阵的人影相拥处啐了一口，转身走在校园内树影婆娑的林荫道上。幽暗的树丛下，偶有一对对男女并肩而坐窃窃私语，父亲便粗着嗓门儿恨恨地骂："狗东西，缩到这黑旮旯里抱拢一坨干啥？多认几个字会死人吗？"黑暗处便有声音传回："老头，要你管那么多，考那六十分还要你来帮忙不成？"

父亲嘴角一阵抽搐，半天才沉重地叹一口气。

父亲往往在学生们吃完饭立在水槽边洗饭盒饭的时候赶到，他手里提了竹篮，将学生们吃剩的白面馒头从瓦钵里捡起，一个半个或一小块，每次总会拾得小半篮。有时，父亲望着那白乎乎的馒头从学生手中像扔铅球一样在瓦钵里溅起水花时，父亲就会铁青着脸瞪着眼睛死盯着那学生，半响，又不声不响地将那馒头拾进篮子。

父亲将拾来的馒头放在学校楼顶晾干，然后用报纸包好，一层又一层，再用绳子扎紧放在屋角里。父亲把那晾干的白面馒头视为珍宝，从不让人去动一下，一年又一年，那屋角的纸包已堆得老高。

秋凉的时候，父亲病了，吭吭喀喀咳得厉害，但他依然提着篮子去那瓦钵边，只是偶有缺席。后来，竟许久不见父亲的身影，瓦钵里便堆了许多白面馒头。冬日的一天，父亲终于倒在屋角那堆馒头纸包边闭上了眼睛。

父亲留下遗言，说他永远忘不了那场战斗，是在战友们饿了三天两夜肚子拉上去的，临出发前炊事员只搞到几十个窝窝头，还没分到大家手上就同敌人交上了火。当一个连打到只剩父亲一个人的时候，那几十个窝窝头已随炊事员一起被炮弹炸成了碎渣！父亲希望他死后将那一大堆晾干的馒头以及他和战友们葬在一起，好让他在去见那将近一个连的战友时让他们吃个饱……

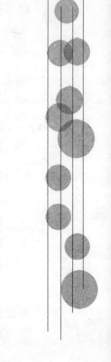

四　爷

四爷先天性颈短，胸高。

四爷的脸雷火烧过般黑，四爷常常缩着个脑袋蹲在地上吭吭喀喀。

大食堂那年月，四爷已满三十却光棍汉一条，四爷家穷，除了耳聋眼瞎的老母，只剩下一间茅草屋。

一日，村里来了一个三十开外的讨饭妇女，经村里好心人点拨径直走到了四爷家。四爷的老母自然欢喜得不得了，拉着妇女的手一个劲夸四爷如何心好如何勤快肯干。村里的大人小孩聚到门口等着看一场好戏。四爷抱着头坐在灰塘边不言不语，而后一个劲吧嗒吧嗒抽叶子烟，却从不抬头看那妇女一眼。

那妇女穿着虽有些破烂，脸蛋却有几分俊美，手脚也勤快。自称家乡受灾又死了丈夫，便出来讨口饭吃，并说："只要四哥你肯收留，我愿意一辈子跟你过日子伺候老母。"

四爷依然不语只顾抽烟。

那妇女在锅内倒腾，四爷便烧火，四爷的眼睛一直盯着灶内。吃饭的时候，妇女将苞谷粑吞得有滋有味，四爷却捧着烟杆狠狠抽烟。

晚上，村人开始猜想四爷和妇女之间的美事。

四爷让妇女跟老母睡在一起，自己卷了个铺盖倒在屋檐下抽烟，烟火一夜忽明忽暗，逗来村中群狗猛叫，有人起来看便发现了四爷。

村人都说四爷是个憨包。

一连好几天晚上，四爷都睡在屋檐下，露气染了他，四爷吭吭喀喀得更厉害。

妇女无奈，只得向四爷道别。四爷将一些粮食和少量钱物塞给了妇女，送至村口，四爷说："好生去找个好人家，我有病，不能连累你一辈子。

　　妇女泪水涟涟千恩万谢。

　　村人就说四爷球用都没得。

　　四爷依然整日缩着脑袋吭吭喀喀。

　　四爷一辈子没沾过女人。

马路上车来车往

"爹，"二娃抹了一把泪，"离开你快两年了，心里很想念你。"

二娃的泪又涌了出来，滴到面前皱巴巴的信笺纸上。

"爹，快过年了，我不能回家，老板留我们加班，双倍工资呢！"

二娃到这大地方快两年了，有一半的时间没有找到活，最近几个月在一家鞋厂打工，轮到年关发工资的时候，老板却丢下一批身无分文的打工仔不知去向。

二娃没有钱，二娃回不了家。

"爹，"二娃继续在皱巴巴的纸上写着，"你老放心，我在外生活得很好，我住在老板提供的套间里，很舒服呢。爹，你没有见过城里人的屋子，地面可照出人影来呢！"

二娃是见过城里人屋里的装修的，那时他咬牙切齿发誓这一辈子一定要当上老板赚了钱住上那地面可照得出人影的房子。

冷风夹着雪从破窗里吹了进来，二娃打了个寒战，就想起了在远方乡下的。娘死得早，爹一把屎一把尿把二娃拉扯大，二娃也曾发誓要外出打工挣很多的钱让老爹过上好日子。

"爹，城里人可好呢，老板待我像亲兄弟一样，他要我跟他合伙做生意，所以我把钱都积存起来了，大过年的都没有给爹寄点钱，想来爹也不会怪我。"

二娃的泪又开始汹涌，实在饿得慌的工友们拉着他去对面厂里工地上拾塑料布准备换钱买面包，可却被保安发现，将他和几个工友打了个半死。

二娃粘好信封一瘸一拐地走向邮筒，将信封塞进邮筒的一刹那，二娃仿佛看到了爹正听别人念信时脸上露出的惊喜，也仿佛看到了村人们羡慕的目光。

二娃恍恍然往回走，当他穿过马路的时候，一辆小轿车呼啸而来，二娃永远地躺倒在了那宽阔的马路上。

豪华轿车停了下来，伸出几个油光可鉴的头，末了，有人如释重负地说："是个农民。"

马路上，依然车来车往。

男　人

　　男人是从农村来的，没有手艺，只能在工地上下力打杂，每月可挣六百块，除开生活零用，可余三百块，男人就用这三百块作为每月的存款。

　　女人在男人工地附近一户人家里做保姆，每月四百块还包吃包住，女人空闲时就来找男人，女人的头就仰得高高的，说："我每月净存四百块呢！"

　　男人心里很受伤，觉得自己一个大老爷们累死累活还不如一个娘们，于是，男人便整天唉声叹气。

　　女人又来找男人了，说家里老人生病了要花钱，孩子学费又要交了。男人就怒吼："你一开口就是钱！"

　　女人就开始哭，说自己命苦，嫁个男人没球用脾气还大，人家城里那些男人有钱了开奔驰宝马还给老婆买高级项链耳环，自己一辈子就这个受穷受苦的命。女人一把鼻涕一把泪，哭得男人心里怒火燃烧。

　　男人在工余时翻阅报纸，看到了关于李嘉诚的介绍，说李嘉诚也曾经穷困潦倒，经过自己的努力终成为房地产大亨……

　　男人就有了一种触动，李嘉诚可以这样，自己有什么不可以？他开始想，假如自己出其不意地暴富了，肯定会给老婆给家人给村人一个极大的惊喜，那样，自己就可以在城里买车买房给自己女人买高级耳环和项链。一想起这些，男人就有了一种兴奋与激动。

　　说干就干，男人在一个招聘信息栏看到了一则招聘信息，说一家公司需要一个炊事员，每月一千五百块还包吃包住。男人连忙乘公交车去了那里，那里的人让男人填了一张表，说要交三百块报名费，第二天就可以上班。男人交钱的时候手都在发抖，他暗暗庆幸自己的好运，每月净挣一千五百块，这可以让他在女人面前家人面前甚至工地上的工头面前真正男人一回了。

男人回到工地就把那份零工辞了。第二天一早，男人收拾一番又来到了那家公司。那个让他填表的人说，还得交五百块服装押金，这个押金三个月试用期满后退还上。男人又去银行卡上取来五百块交给了让他填表的人，那人说让他第二天来上班。

第二天，那里的人又说，还得交三百块建档费。男人忽地感觉不对劲，就要求退还自己所交的钱。里面跳出了一大帮人，凶神恶煞地瞪着男人，有个人甚至还踢了男人一脚。

男人退了出来，坐在街沿上号啕大哭。太阳下山的时候，有人帮他拨打了110，警察来了，将他带回那家公司，让工作人员全部退还了他所交的八百元钱。男人拿着钱，再一次痛哭流涕并对警察千恩万谢。

折腾下来，男人已是筋疲力尽饥肠辘辘，他在心里对自己笑，幸好没有蚀这笔财。男人觉得自己应该去为自己庆贺一番，热烈庆贺一番。于是他进了一家面馆，要了两大碗面条，稀里哗啦就下了肚。面馆老板对男人付账时拿出的一百块钱左看右看说："这是一张假钞！"

男人懵了，在面馆老板的提示下去了附近银行，结果那八百元钱全是假钞。

银行小姐说，钱这东西是当面点清过后不认的。

男人忽然感觉得胃里的面条在不断地膨胀，像马上就要爆炸。

为什么给我让座

女人在跨上公共汽车的时候，喇叭里正在说："尊老爱幼是中华民族的传统美德，如果你的身边有老、弱、病、残、孕，请你主动为他们让座，谢谢！"

人很多，女人赶紧用手勾住了顶上的吊环。

"你来坐这里嘛。"有人在拉她的衣服，她回过头，是一个二十来岁的小伙子。当她再次确认他是在招呼她时，她才将身子移了过去，小伙子已将座位让了出来，然后就站在她的身边。

车上很拥挤，但她却再也无法平静下来。她不知道他为什么要给自己让座，因为自己才四十三岁，还谈不上老，更不是弱、病、残、孕，可他为什么要给自己让座呢？

她低头看了看自己的身材，一点也没有发福的迹象，因为她平时是很注意饮食的，爱美的她是不会吃任何一点长脂肪的食品。所以一直保持了苗条的身材，以前甚至有人说光看她的背影会觉得她像少女。这让她一直引以为荣。因此，小伙子让座的原因不会是看她像孕妇。但是他为什么给自己让座呢？她一直都是比较注重衣着打扮的人，每周进一次美容院，每天早上化妆起码就得花半个小时，自己脸上应该不会显示出病态吧。在这个人人为己的社会，人们不到万不得已是不会做出自我牺牲的，这之前她天天坐公交车上下班，从来没有人主动为她让过座。那他为什么要给自己让座呢？

想想自己肯定是由于这段时间脸上显老了，因为前段时间老公对她一直使坏脾气，她心里不停地猜测是不是老公在外边有了外遇，加之儿子成绩陡然下降，她一下子急得不行。女人心里越想越不是滋味，就牙痒痒地恨起老公和儿子来，想起自己做女人真是悲哀，长年累月为了这个家操劳，最后却落得如此下场。但她又想，就算这一急也不至于让自己老得到了别人让座的模样啊，自己毕竟只有四十三岁，还不会就是一个太婆的样子吧。但他为什么要给自己让座呢？

蓦地，女人忽地心跳再次加快，脸也不禁泛上了红晕，难道是小伙子对她有……

这个念头掠过脑际，她开始不自在起来，他不会真是看上了她？想想自己镜中的五官，眼睛是很深的双眼皮，鼻梁很挺，嘴也是樱桃嘴，曾经，她是众多男人追求的对象，也惹得好多女子妒火燃烧。那么，小伙子一定是在欣赏赏心悦目的她了？但是又一想，自己虽然五官还不错，但毕竟是四十多岁的人了，现在的靓女成群美女如云，他也不会来注意自己一个徐娘半老的人啊？但是她始终想不通他为什么要为自己让座？

她想，唉，让就让了吧，何必想那么多，事情想多了人会变老，不如放松一下自己的心情。于是，她望着窗外长长地吁了一口气，可她猛然发现，自己已坐过了该下车的地方。

棕子哥

四月，本该是孕育生命的季节，我却跪在棕子哥的坟前泣不成声。

我喊他哥，可他不是我的亲哥，反正自小妈妈便要我喊他哥。他是隔壁秦二妈的儿子，比我大两岁，亦不知他姓什么，更不知他爹在何处，只知道他是二妈唯一的儿子，唯一的亲人。据说二妈老怕他死去，所以给他取名"棕子"，"棕"，乃是一种多根的植物，因根多才容易成活。

他们住的房子是用稻草盖的，房顶上长满了绿油油的青草，很是惹人喜欢，有时，一只公鸡会带上几只母鸡在上面觅食，我见了，就喊："棕子哥，鸡上房啦！"于是，棕子哥操起一根木棒飞快地奔出屋，朝着房檐上啪啪直打。

我家和他家仅一道串夹壁相隔，亦不知这屋有多老了，墙上一团团泥土多半脱落，不知哪个把那竹篱笆也掰了个大窟窿。刚好，这个洞口就成了我们的眺望口。于是，时常有炒米花啦、沙胡豆啦从洞那边递过来，也时常有煮苞谷、烤红苕从洞这边递过去。棕子哥呢，也时常伏在那边的洞口对我说些什么，比如，有天他从桂花田里摸了几条小鱼啦，河里又涨水啦，张大妈去偷李大嫂的四季豆被抓住了啦……

棕子哥知道很多的事情。

夏日，凉风习习的夜晚，孩子们聚在一起捉迷藏，大家都在急急地寻找自己的藏身之处，慌乱中，一大孩子将我撞倒，我后脑勺撞得不轻，于是我大声地哭，大声地喊棕子哥。棕子哥来到了我的面前，扶起我替我揉着后脑勺。

"是谁撞了铃子妹？"棕子哥气势汹汹地问。

于是，撞我的男孩便被棕子哥狠揍了一顿，那男孩哭得比我还要凶。

晚上，那男孩被大人领来找秦二妈，秦二妈又是赔礼又是道歉。棕子哥像一只斗胜的公鸡站在洞那边朝我诡秘地笑，我也偷偷地笑了。

从篱笆洞口望去，棕子哥好高。

春日里，我们总是在漫山遍野金黄的油菜花里追逐成群的蜂蝶；夏日初，我们都拎着篮子上山去采蘑菇；每次呢，棕子哥总是把大的留给我，小的留给自己；秋天里，我们都会望着院子里那两棵高大的柿子树上结满的黄澄澄的柿子流口水。趁大人们不在，棕子哥就爬上树去挑好顶大顶大的，悄悄焐在烂棉衣里，不几天，我们就吃上了甜滋滋的柿子。

后来，我上学了，棕子哥不能，他妈说他家没钱。

"铃子妹妹，好好念书，将来好当官，当很大的官。"棕子哥满眼的羡慕。

"我可以教你认字。"我安慰他。

"真的，那你就是我的老师了！"棕子哥睁大了眼睛，十分惊喜。

……

棕子哥是为救我而死的！当我从热闹喧嚣的大都市再次回到棕子哥的坟前，他那双明亮的渴望生命的眼睛，依然像原先那样十分惊喜地望着我。但是，除了忍受心灵的不安与折磨，再也见不到我亲爱的棕子哥了，他的坟头，早已长满了绿油油的草和青幽幽的树。我知道，棕子哥已化作泥土，默默地抚育着那草那树。

母 女

"叶儿，那是什么？"母亲问。

"那是电梯。"

母亲由于高血压突然昏厥住进了县医院，幸亏抢救及时，医生说得多观察几天，最好是不要到处走动。

母亲长年生活在农村，极少出门，也当然没有见过电梯。这几日，母亲总站得远远的，望着那时开时关的电梯出神，因而生出一脸稀奇。

"咋人一进去那门就关了？"母亲又问。

我说："那是电带动的，人一进去就可以自动从一楼到顶楼。"

"那就不用爬梯子了？那里面就没梯子吗？"母亲一脸疑惑，大声说真稀奇。有男男女女朝我们张望，我赶紧拉母亲的衣角。母亲没懂我的意思，又问："那电梯里坐着头会不会晕？"那边的男男女女开始窃窃私语，我蓦地感觉到脸上发烧，拉着母亲逃回病房。

我悄声对母亲说："你尽量少说话，免得人家城里人笑话你。"

母亲怔怔地望着我，眼里浮起些许难堪与失望。

邻床也是一位高血压患者，一个退休老头，头上涂了摩丝梳得光光的，有一群正在做官的儿女。

晚上睡觉的时候，母亲小声问我："叶儿，你坐过电梯没？"

我迅速地看了一眼邻床，然后朝母亲点点头。

母亲又问："坐电梯是什么味儿？"

还没等我答话，临床那老头已呵呵地笑了，"怎么，老太太还没坐过电梯？那就让你女儿带你去坐坐，坐电梯就跟飞机升降差不多，爽呢！"

那老头说得眉飞色舞，母亲张大嘴听得一脸灿然一脸羡慕，我真想跳上去扳过母亲的脸。我用被子捂住脸，心里直叹气：母亲啊，你真是个乡巴佬。又用脚去碰母亲的脚，母亲转头望望一脸不快的我，皱纹满布的脸抽搐了一下，然后默默躺下。

我便赌气不和母亲说话，母亲就不再问那电梯的事了。

这天下午，我外出买东西回来，母亲正背对着我望那上上下下的电梯，母亲回头发现了我，不好意思地笑笑走回病房。

医生说母亲的血压基本正常了，可以去办理出院手续。我便咚咚咚地奔走于楼上楼下，结账、拿药，听医生嘱咐相关事项，好不容易忙完，又匆匆往病房走。

老远就听到电梯处闹哄哄的，围了许多人，还有些人拼命往那人围处跑，我挤了过去，蓦地，我惊呆了，母亲正倒在地上。

"她先是站在远处望，等关电梯的时候她却往里冲，可电梯已合拢，头正好撞在了门上。"守电梯的老头不停地对旁边的人说。

"没救了，高血压患者头部是不能受撞击的。"医生说。

"是你的母亲吗?"有人问我。

我瘫坐在地上，许久许久，嘴里喃喃地说："她是我的母亲，生我养我的母亲，可我却不是她的女儿。"

墙

他和她因为一场误会吵了架，而且吵得很凶。

她说："全世界的男人死光了也不嫁你。"

他说："宁可一辈子打光棍也不娶你。"

她大哭了一场，回到家里睡了三天三夜。清晨的时候，鸟儿的脆叫将她唤醒，屋外洒满了金色的阳光。她又想起了他，想起了他的千万种好。于是，她开始后悔自己不该说那么绝情的话，她想去找他，向他承认自己的错，请求他原谅自己，可她又想起了他那句"宁可一辈子打光棍也不娶你"。

又过了几天，他托人带信给她，说想见见她，有些话想对她说清楚，地点就在白云路边公交车站牌旁的小吃店里。

她兴奋得一夜没合眼，她想他一定还爱着她。

第二天一大早，她便去了白云路，在公交车站牌旁，她看到了一家名叫"好又来"的小吃店，那里面经营抄手还有面条，里面已有三三两两的人在吃早餐。她便要了一碗抄手在那里慢慢吃慢慢等。

上午十点钟，小店里只剩下她了，他还没来。她想他是不是有事耽误了，但她相信他一定会来，因为他们之间毕竟有过八年的恋爱经历。

中午十二点，小店里又来了吃午餐的人，他依然没有来，店主显然对她已不满，于是她又叫了一碗面条慢慢地吃。此时此刻，泪水湿了她的脸颊，她想他可能是临时改变了自己的想法，他那句"宁可一辈子打光棍也不娶你"又在耳边响起。

下午两点，她彻底失望了。

"真傻。"她对自己苦笑了一下站起身走出小吃店。

第二天，她便打点行装离开了这座城市。

在另一座城市里，她成了一名纺织工人，整天面对轰隆隆的机器声，她试着忘记他。

再后来她结了婚，又离了婚，又结了婚，又离了婚。当身心都已疲惫苍老的时候，她决定不再涉入婚姻。

她常常想起他。

再次见到他的时候，已是二十五年后的事了。她回到了那座已变得不能认识的城市，也看到了他那张几乎不能认识的脸。

"为什么那天不来？"她那张经历了风霜雨雪尽是创痕的脸在他眼前晃动。

"是你没来呀！"他有些惊讶，"我在那个馒头包子店里等到了下午四点钟，后来我想你是不能原谅我了……"

她打了个寒战，公交车站旁当时的确是两家小吃店，一个卖面条抄手，另一个卖馒头包子稀饭，那两个小吃店仅隔了一道木板竖起的墙。

她没有任何解释，只是默默地转过身走了。

"那两个小吃店都不在了啊。"她喃喃自语。

宝　地

　　那年李阴阳说，西山有块宝地，谁家老人埋正了后人必会当官掌印把子。于是，世世代代都躬耕于黄土的村人们便有了盼头和望头。谁家死了老人就请李阴阳到西山择地，许多人见了李阴阳都会点头哈腰生怕得罪了他。李阴阳每逢村里死了老人就得敞开肚子吃喝几天最后还得捧回钱物。

　　一年又一年，西山上葬了许多坟，每逢清明节，村人们便带上贡品火炮到西山上，先是将贡品放到拜台前，让孩子们跪在自己老人坟前作揖磕头，大人们嘴里说："保佑你的后人当官掌印把子，下回给你买电光火炮来放。"

　　西山上众多的坟茔前都跪了几个孩子，大人站在旁边默许心愿，大家脸上尽是虔诚，然后就是放火炮，噼噼啪啪一阵狂响，坟地里碎纸屑乱飞，孩子们抢着捡未燃的火炮，叫声喊声哭声闹声响成一片，而后大人们才心满意足地离去。

　　富贵是村人公认为最迂腐可欺的人，他老婆死得早，丢下三个儿子，家里穷得叮当响。富贵爹死后无钱请李阴阳，富贵自己选了块地将爹葬在屋背后，他说只要祭拜的时候方便就行了。李阴阳对村人说富贵爹埋在睃头山，后辈定将出贼娃子。村人们便吃吃笑暗暗等着富贵那三个儿子成贼娃子。

　　七月半，各家各户买了纸钱桌上摆了酒菜给去世的老人烧钱，孩子们又跪在燃旺的纸钱面前作揖磕头，大人们依然站在旁边说："保佑你们后人当官掌印把子，下回多给你烧十个钱！"

　　孩子们望了那渐渐燃完的纸钱飘起最后一缕青烟，然后迫不及待地爬上桌上开始大嚼起来。

"好好背书!"富贵瞪着大眼朝儿子们吼。别家肉香飘来,儿子吸吸鼻子嘟哝着开始背书。

这一年,富贵的大儿子考上大学,一村人诧异;第二年,富贵的二儿子升了中专,一村人不服气说富贵爹一定埋了宝地,要不怎么两个儿子跳出龙门呢? 总不能让他三个儿子都跳出去吧。

村里人愤愤然说那宝地不能让你富贵家独占。于是村长扯着嗓门说:"富贵,把你那老爹搬到西山上去吧,西山规划为公共墓地,其他地方用来种庄稼,这是政策上头宣布了的。"村里人就说:"是啊是啊,你没钱迁坟就让大家凑钱帮你迁吧。"然后富贵老爹的坟果真被大家齐心协力凑足钱迁到西山上众多的坟茔中去了。

富贵的三儿子果然落榜回家,村人们长吁了一口气断定是那坟起了作用。

忽然有一天,村口多了辆红色的小轿车,村人们看稀奇看古怪一窝蜂涌到村口。原来是富贵三儿子落榜后一直坚持不懈努力学习,他写的一部长篇小说被电视台导演看中,正准备拍成电视剧,也同时引起各界人士关注,有关单位来人请他去任某刊小说编辑。什么是编辑人们不知道,只猜想大概是个很大的官,这是村人万万没有想到的。李阴阳站在人群中哑着嗓子说:"正了,西山上那宝地富贵爹埋正了!"

村人就悻悻然瞪大眼睛望着那辆红色的轿车冒着烟向机耕道上开去。

尘　缘

　　爷爷离开奶奶那年，爹刚出世。爷爷是和一位寡妇好上了才离开奶奶的。爷爷是船工，长年累月在外，奶奶是老实巴交的农民，爷爷总觉得奶奶配不上他。

　　爹三岁那年爬龙眼树摔下来成了不轻不重的脑震荡，奶奶哭，说她这辈子完了，寻死觅活好长一段时间，爹就咧嘴朝奶奶一个劲儿地憨笑。

　　奶奶终于平静下来，带上爹去帮有钱人家洗衣裳。

　　寒冬腊月，奶奶立在冰凉刺骨的河水里，爹操着公鸭嗓子喊饿，奶奶就哭。

　　日子一年年过去，奶奶将挣来的钱积攒起来，过年了，孩子们都穿新衣裳，爹也跑回来要新衣裳。奶奶泪眼婆娑对爹说："儿啊，等娘把钱攒够了给你讨婆娘！"

　　爹就一阵憨笑拍手要讨婆娘。

　　爹二十五岁那年，奶奶用攒下的钱将娘从外公手里买过来。入洞房时，娘用剪刀割自己的手腕。奶奶拼命拉住娘的手，泪流满面跪在娘面前说："认了吧，女人就这个命。"

　　娘和奶奶抱头哭成一团，爹操着公鸭嗓子在屋里跳叫憨笑。

　　奶奶对娘极好，娘对爹极周到，娘跟奶奶一样勤快心灵手巧，两年后，奶奶和娘将茅草房换成了土墙瓦房。

　　奶奶从不提起爷爷，她只说她二十三岁开始守寡。

　　一天，屋门口来了个白发苍苍的男人，看上去极有钱，只有奶奶知道那人是谁，奶奶却不闻不问。

　　村里有知情者对娘说，那是你公公。

娘将爷爷让进屋，奶奶坐在屋角里撕豆荚，爷爷对着奶奶坐，半晌不说话。

　　据说爷爷在外赚钱发了大财，那寡妇却终未生下一男半女又在两年前得绝症死了。爷爷老泪纵横对着奶奶说了许多，奶奶不言不语一脸冷漠。

　　晚上，奶奶和娘睡在一起，爷爷就只好去跟爹睡。

　　几天过去了，爷爷和奶奶一起吃饭，奶奶始终一言不发。

　　爷爷要走了，怅然地望着奶奶，奶奶只顾低头一个劲儿补衣裳。

　　奶奶从此不再多说话，精神一天不如一天。不久，爷爷的骨灰被送了回来，火炮一声声炸响，奶奶躺在床上睁大了眼睛。

　　爷爷的遗物也送回来了，彩电、冰箱、洗衣机，还有相当多的存款。

　　奶奶在此时咽下了最后一口气。

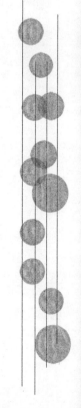

仇 释

　　她就立在落地窗前望着儿子那矫健的步伐潇洒的背影穿过那片空旷的绿草坪，然后慢慢向莲花池边太阳伞下那个胸前挂了相机且靓丽的女孩走去。

　　她眼里浮起一丝笑，幸好儿子周身上下从里到外都长得像自己，要是像那个远在大洋彼岸比她大二十余岁的丈夫就完了。

　　她转过身离开那茶色落地窗，陷进沙发眯着眼睛，海里涨潮了，潮声灌入耳朵似有海水溢进嘴里，咸咸的，涩涩的。

　　许久，儿子推门进来，脸上有许多兴奋激动和初涉恋爱的不安。

　　"不错吧？"她抬起眼皮问。

　　"妈，她好纯！"儿子用手在脸上抹了一把，不好意思地转身进屋去了。

　　她开始盯着屋里高档家具电器发怔，可以不夸张地说，她这幢别墅和屋内的陈设在这座先进城市也算豪华，这当然得感谢她那位老丈夫。

　　第二天，她又立在落地窗前望着儿子往那太阳伞下走去，那靓丽的女孩正忙着给一个个游客在莲花池边、西子女旁照相，然后迅速地收钱，极麻利的样子。

　　她又重新坐回沙发，重新发呆。

　　儿子比昨天回来得晚些，进来便直接走进里屋。她傻傻一笑，现在的年轻人，三下五除二便打得火热。

　　以后每天，儿子出门，她不再去落地窗边望，只陷在沙发里发呆，要么闭目养神。

　　春天过去了，夏天便来临，儿子和那女孩已如胶似漆了。

儿子推门进屋，她陷在沙发里没抬眼睛。

"妈，莲子来看你了。"

"阿姨您好！"女孩一脸甜蜜，胸前不再挂相机，美得让人心颤的脸。

多么相配的一对！

"经常来这里玩，我的孩子！"她笑得很慈祥。

女孩天天来，和儿子在里屋脆笑不断。

她将一盘光碟放在茶几上，那碟子是她专门到地下市场买的，然后推门走出屋子。

已好长时间没有下楼了，外面的天正是夏末时节，树叶已开始泛黄，她沿着海滩一直走，走了许久许久。

回到屋子时儿子和女孩都不在，碟子显然已开了封，儿子的床上有些乱。

女孩依然天天来，她便天天去海边漫无目的地走，一直过完略带寒意的秋季。

"我已将这别墅降价卖出，手续已办好，我将带着你去你爸那边定居。"她对儿子说。

"莲子也去吗？"儿子被这突如其来的消息惊呆。

"不能带她！"她语气生硬，没有半点商量的余地。

"妈——"

"不要再说，赶快收拾东西，今晚九点的飞机。"她背过身去不再看儿子的脸。

外面在下雪，莲子披一身雪花进屋，眼泪汪汪悲痛欲绝的样子。

"阿姨，带我一起走好吗？"

"不能，你没有办护照的理由，况且办也来不及！"

"阿姨……我已怀上……你家的骨肉。"莲子泪水涟涟。

她又在心里浮起一丝笑。

"我爸……只有我这一个……女儿，他会……打死我的……"

她昂起头，漠然地望着窗外飞舞的雪花，轻轻掠了掠额角的头发，"告诉你爸，知道自己痛是什么滋味，就知道二十年前别人痛的滋味！"

儿子拽住莲子死活不走，她生拉硬拽将儿子拉上了开往飞机场的出租车。

飞机上，儿子一双红肿的眼睛像桃子，她呆呆地望着窗外，蓦地一阵大笑，而后又失声痛哭。

开车来机场接她的是二十年前她违心嫁给的那个男人，她有气无力地靠在那辆豪华轿车上，漠然地对儿子说："你回去吧，回到她身边，一个女人需要的是男人永远永远也别离开她！"